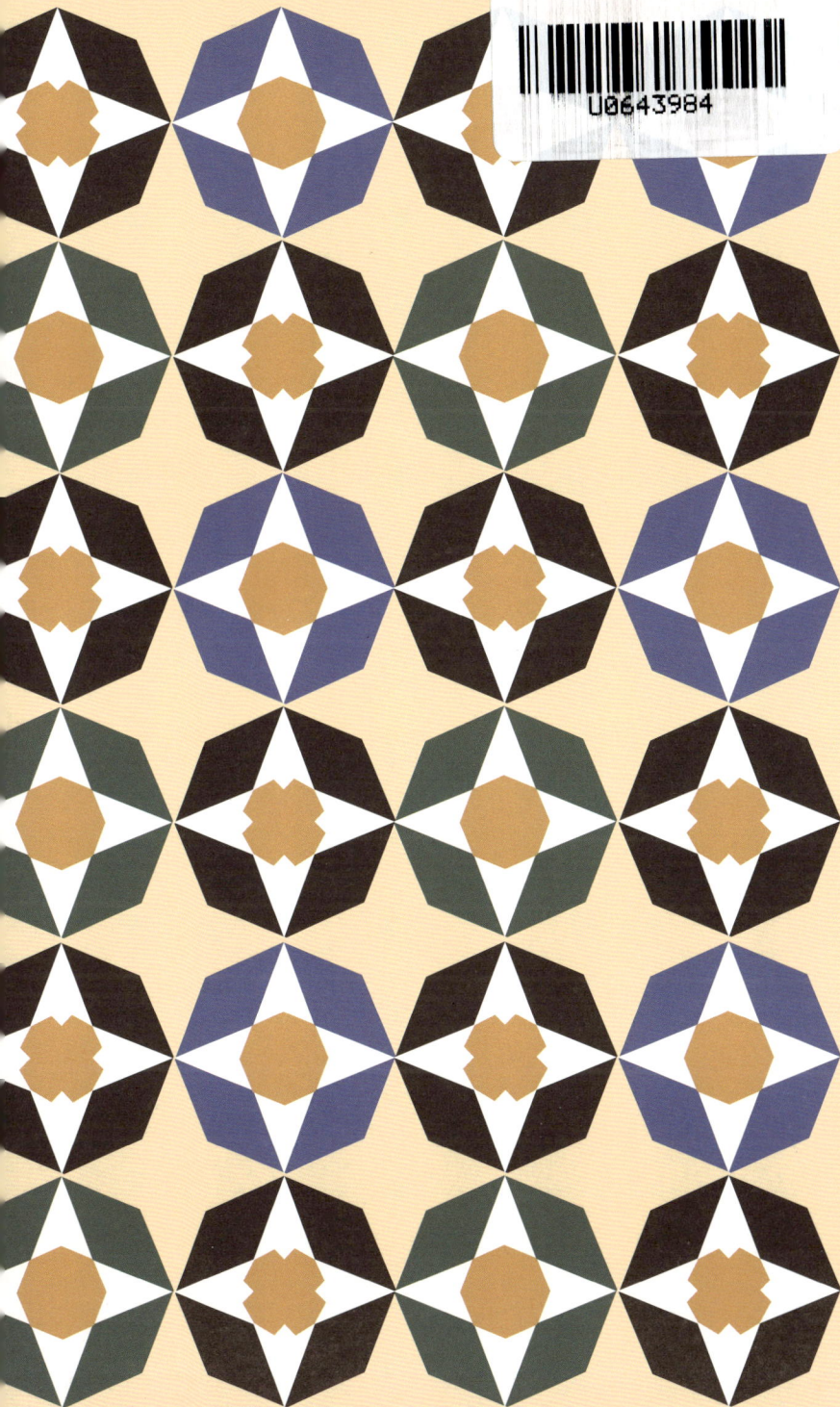

风的内侧，

或

关于海洛与勒安得耳的小说

[塞尔维亚] 米洛拉德·帕维奇 著　　曹元勇 译

上海译文出版社

Milorad Pavic
THE INNER SIDE OF THE WIND, or The Novel of Hero and Leander
Original title: Unutrašnja strana vetra
Copyright ©1991 Milorad Pavic
　　　 ©2011 Jasmina Mihajlović; www.khazars.com
　　　 FB @miloradpavicofficial
Simplified Chinese edition Copyright;
2021 SHANGHAI TRANSLATION PUBLISHING HOUSE(STPH)
All rights reserved.

图字：09-2013-631 号

图书在版编目（CIP）数据

风的内侧,或关于海洛与勒安得耳的小说/(塞尔维亚)
米洛拉德·帕维奇著；曹元勇译.— 上海：上海译文
出版社,2023.7
　　书名原文：The Inner Side of the Wind, or The
Novel of Hero and Leander
　　ISBN 978-7-5327-8932-0

　　Ⅰ.①风… Ⅱ.①米… ②曹… Ⅲ.①中篇小说—塞
尔维亚—现代 Ⅳ.①I543.45

　　中国国家版本馆CIP数据核字(2023)第108270号

风的内侧,或关于海洛与勒安得耳的小说
［塞尔维亚］米洛拉德·帕维奇/著　曹元勇/译
责任编辑 / 龚　容　装帧设计 / 柴昊洲
封面绘图 / raccoon　插图 / 冯　雪

上海译文出版社有限公司出版、发行
网址：www.yiwen.com.cn
201101　上海市闵行区号景路 159 弄 B 座
上海雅昌艺术印刷有限公司印刷

开本 889×1194　1/32　印张 7.75　插页 14　字数 83,000
2023 年 9 月第 1 版　2023 年 9 月第 1 次印刷
印数：0,001—6,000 册

ISBN 978-7-5327-8932-0/I·5534
定价：88.00 元

风的内侧是指风从雨中吹过时没有淋湿的那一面。

　　　　　—— 一位廉价的预言家

【海洛版】

1/

"在生命的第一阶段，女人生孩子；到了第二阶段，她不是弄死并埋葬自己，就是弄死并埋葬她身边的人。问题是，这个第二阶段是从何时开始的。"

化学专业大学生海洛尼雅·布库尔一边思索这些问题，一边把煮过头的鸡蛋在额头上磕开，吃了下去。那是她拥有的全部食物。她头发特别长，能让她当鞋拔子用。她住在贝尔格莱德最繁华的城区、金桶咖啡馆楼上的一个出租的房间，冰箱里总是塞满恋爱小说和化妆品。

她年龄不大，购物时，会把钞票像手绢一样团在手里。
她梦想着下午躺在海滨某个地方的水面上睡半个小时。
她记得父亲的手掌，上面的掌纹像风中的波浪一样泛着
涟漪，而且她能听得出大调和小调。人们都叫她海洛；
她爱吃辣椒，她的吻总是带着辛辣味；她那化学家白外
套下面有一对毫毛浓密的乳房。她特别敏捷，可以咬到
自己的耳朵；食物还未下肚，她就已经在嘴巴里把它消
化了；她发现每过几个世纪，有些女人的名字就会变成
男人的，剩下的则保持不变。

然而，有些事情，她却根本无法融入她的关于世界
的清晰形象。那就是梦。在如此简单的只能在两只耳朵
之间游走的生活中，怎么每天晚上都会发生那些如梦一
般莫名费解的事情——那些事情甚至在人死之后仍依然
存在下去呢？

"梦可以转世重现，"海洛想，"它们通常都是具有

男性形体的女性梦，反之亦然……在现今的梦里一个人会遇见多少人啊！空前之多！我的梦里已经是人满为患了！"

这就是海洛的结论。她立刻去买了一本硬皮记录簿，然后按照复式记账的所有程序，开始盘点她做过的梦。她下决心要把这件事理出头绪。她写下这些梦里出现的所有东西——瓷器、梨树和建筑物，独角兽和马，发夹和船，野驴子和天使，镜子和鸽子飞落到上面变成乌鸦的派瑞戴克斯树[1]，厨房里的座椅和通过耳朵受精的喀迈拉[2]，汽车和黑豹那无法抗拒地吸引了在她梦中出现的其他猎物的香气馥郁的咆哮——把它们一个不落地统统登记在不同的栏目里，让每样东西都有编号、价码和登记入册的日期。她梦里会特别频繁地出现一条不敢越过树

---

1. Peridex tree：欧洲中世纪传说中的一种印度树，鸽子喜欢这种树结的果子，还可以在上面躲避恶龙攻击。
2. 喀迈拉：希腊神话中一种狮头、羊身、蛇尾的怪兽。

影的蛇。每逢这种情况，那条蛇通常会爬到树上，伪装成一根树枝的样子，直到有只鸟落在上面。那时，蛇会问鸟一个问题。如果那只鸟答错了，蛇就会吃掉它。海洛不知道这样的梦是应该记录在一个栏目还是两个栏目里。另一个反复记录在海洛的梦之书里的事项是关于一个玲珑的小男孩的。这个男孩的父亲除了肉别的什么也不吃，而他的母亲则是非小扁豆不吃。因为父亲，这孩子只敢吃肉；因为母亲，他又只能吃小扁豆；于是，他出现在海洛的梦里，活活饿死了。

"显而易见，我们内在的自己与我们内在世界里的他人，每天都会活动到很遥远的地方。"海洛在她记录簿的空白处写道，"我们通过某种内在的活动来实现这样的旅行，这样的活动速度快捷，能跨越我们在实际生活中永远无法跨越的广阔空间。梦里的这种内在活动比外在的活动更完美，因为静止不动是不会有过失的，它是一切事物最初的原动力，甚至在其静止中包含着运动。但是，"她思索着，"梦也可以被视作一种动物。"

由于海洛和她哥哥自孩提时代起就一直学外语，海洛尤其会注意去盘点她和其他人在她的梦里所运用的语言形态。所以，这特别像是一本关于梦的语法书——梦境语言学，一本有关睡眠中所用语汇的辞典。海洛的这本辞典很像1920年代后期在年轻女士中间风靡一时的那些"小狗辞典"，她们在里面记下她们的猎狼犬、贵妇犬或斗牛犬所能领会的表达方式。所以，在海洛的辞典里，一个梦就被当成了一种动物，它和主人讲不一样的语言，却能从海洛的现实语言中学会那些应景的语词，就像海洛自己渐渐开始掌握了这个陌生动物语言的语法一样。她得出了结论：在梦的语言里，各种名词一应俱全，但动词却没有它们在现实世界中所具有的任何时态。

然而今天早上，她却没去在意那些梦。三月正在偷走二月的日子，扶手椅里填充的干草散发着如同新鲜干草一般的气息，她正在用一支红色铅笔为她的学生于寒假里用法语写给她的明信片纠错并打分。她靠给学习糟糕的学生补课来维持生计，但现在不是那种季节；两颗心在她的犬齿里跳动，每颗虎牙里都有一颗心，她饿得像一条鱼。当她翻阅报纸时，左大腿灼烧着右大腿。报纸上写着：

聘请给孩子们补课的法语教师
一周两次
杜布拉琪娜街六号三楼

她用辫子包住自己的耳朵，发现自己到了杜布拉琪娜街六号的三楼，面朝庭院的那个门口。这里的每套公寓都有一个朝阳的窗户和一个挡风的窗户，但在夏天就连里面的狗也会生满蛾子。她将后脑勺靠住门铃，从手袋里掏出罗莎牌唇膏，让那支唇膏口朝下擦了擦下嘴唇，然后用下唇抿了抿上唇，这才用脑袋按响了门铃。西莫诺维奇——她念了姓名牌上的名字，走了进去。放她进去的是个十岁男孩；她立刻明白这男孩将是她的学生，跟着他往里走时她心想："这家伙屁股真高，都快到腰部了。"

西莫诺维奇夫妇让她在一把三条腿的椅子上坐下。他们首先需要商定，她担任家教每月可以拿多少报酬。报的价码是每个小孩一千第纳尔。这很诱人，她同意了。她让自己的头发裹住腰身，坐在那里，用舌头数着牙齿，注意到每当西莫诺维奇先生发"r"这个音时，他的左眼就会眨一下。他们等待了片刻，夜幕降临后往三只细长玻璃杯里斟上了烈酒。

"祝你身体健康！"男主人说道，同时眨了两下左眼，仿佛在数他舌头里有几块骨头。注意到女主人嘴唇上面挂着一丝怪异的、祈求般的微笑时，海洛才开始觉得自己是在浪费时间。那丝微笑颤巍巍地挂在那儿，恰似一只受惊的小动物。

"照这样看来，他们的孩子肯定跟手掌心一般浅薄！"海洛推断。恰在这时候，她的手蹭到了玻璃杯。几滴酒洒到了她的裙子上。她望着斑点，注意到酒渍在扩散，便赶紧告辞了。离开的同时，她生出一种感觉：她的指甲正以令人眼花缭乱的速度生长。

她在瓦西纳街买了两个大笔记本，当晚就用它们为她未来的学生做起了准备。就像在孩提时代被人教过的那样，她在每页纸上竖着画了一道红线，将纸面分成两栏。右栏留给法语动词的现在时态和过去时态；左栏留给将来时态、条件从句，以及相当于主要从句的分词形式。

户外，冬天的湿气与夏天的湿气交替出现，房子里的每间屋子散发着去年的气味；在这种时节，海洛带着两个笔记本，前往杜布拉琪娜街去给她的学生上第一堂课。当她走进三楼的西莫诺维奇公寓时，脚底板上的"魔鬼唷"让她倍感痛苦。

"老老实实告诉我，今天是礼拜几？"海洛问她那位学生，像一条蛇盯着一只青蛙那样盯着他。他有些慌乱不安；海洛看到他冒出一层奇怪的汗气，并再次把后背对住了她。

他把海洛领到一张围着三把绿椅子的桌子跟前；白天阴暗的房间里亮着灯，到了夜晚灯先熄灭，因为一到天黑就没有谁会坐在这儿。过了一会儿，他们开始小口抿着茶；她注意到男孩用指甲将一块方糖挤碎弄进茶杯，又吮了吮手指，接着他才开始在崭新的笔记本上写下他的第一个法语动词。他们面前的桌上还摆着第三只茶杯，不过一直没有人用它。

"你怕死吗?"他忽然问海洛。

"我对死一无所知,我只知道我将会在十二点零五分死去。"

"你说十二点零五分,是什么意思?"

"就是我说的那个意思。我家族中所有叫布库尔的人过去都是地雷工兵。他们布设地雷并在正午将其引爆,这在他们干活的地方是一件无人不知无人不晓的事情——在矿井里,在铁路上,或是别的什么地方——所以只要中午时分的警报器一响起,人们就赶紧隐蔽。如果地雷没有爆炸,那么在十二点零五分,一个布库尔就得去检查出了什么差错。通常这也就成了他们的末日。"

"可你又不是工兵,为什么你会在十二点零五分死去呢?"

"很简单。我上学的化学学院每天中午就关门。我把那些危险的、禁止的实验留在十二点钟过后,在所有人都离开之后，我就点燃一种真正的火。所有人都跟我说：
'你会像你们家族的其他人一样死在十二点零五分……'
好啦，请继续你的功课吧，不然你永远也成不了男子汉
的；在你的余生中，你会像你父亲那样打喷嚏，像你母
亲那样打哈欠。"

海洛一边说着话，一边望着那没人用的第三只茶杯
和对着第三把座椅摆在桌上的另一个笔记本。让她失望
的是另一个孩子还一直没有出现过；这家人在招聘广告

和沟通谈话中一直用的都是复数，而且酬金对应的也不是教一个小孩。

"这些人在天亮前的三天前就起床，"她暗忖，然后布置好新的课程，下楼来到雨地里，走路时脚底上的"魔鬼啃"让她益发感到刺痛。她的脚弓正在塌陷。

不过，脚弓还未来得及下陷变成平足，意想不到的事就发生了。那个月正接近尾声；正值狗以草为食的时节，有天早上，她第一次在杜布拉琪娜街寓所的桌子上看到装着她酬金的信封。里面不是一千第纳尔，而是这个数目的两倍：她得到了两个学生的家教费，而不是一个学生的。

"这些多出来的一千第纳尔是怎么回事？"她问那个男孩。

"那是替卡楚恩齐察付的。"

"卡楚恩齐察？"

"我们家还有个卡楚恩齐察。"

"我要狠狠揍你一顿，把你的头发拔干净！谁是卡楚恩齐察？"

"我妹妹，"男孩答道，咧嘴大笑，他的耳朵都快挤到脖子那里了。

"那你们家的这个卡楚恩齐察为什么不出来上课？"

"我也想知道。"

"你怎么会不知道？"

"我是不知道。我从没见过卡楚恩齐察。"

"对他来说时间永远只有下午。"海洛自言自语，接着又高声问："你们这位卡楚恩齐察到底存不存在？"

"我父母说她存在。但凡有谁怀疑，妈妈就会非常生气。我不知道。我只知道每天他们都为四个人布置餐桌，尽管卡楚恩齐察的椅子总是空着；他们早上会煮第四个鸡蛋，当作卡楚恩齐察的早餐，而且他们说我们家的狗考丽亚，是她的……去年冬天，他们让我从我的房间里搬出来，因为，他们说，一个男孩和一个她那种年龄的女孩不应该再合用一个卧室……"

男孩陷入沉默，海洛注意到他死死盯着圆桌旁那第三把空着的椅子。

"有点怪异，不是吗？"他补充说。海洛知道，随着他的舌头弹出"r"这个音，他的左眼就会马上眨一下。

"他们像风一样疯狂！"她断定，拿好她的双份报酬，离开了。

然而到了上下一堂课，在玻璃门前等候她的不是那男孩，而是他的母亲。为了抵御潮气，这女人穿过走廊时把自己的头发当成了披肩；不过，一旦进到公寓里面，她就显露出她像海洛那样会说法语，海洛尽管苦苦学过四年，却完全不能与她相比。这女人让客人坐到圆桌前，并要求她授课时尤其要把注意力放在孩子们感觉难懂的内容上。

她说话的时候，两只耳朵像哨兵似的轮流活动着，还用复数形式提到孩子们；她的笑颜益发颤动不止，并用一只手的指甲抠住桌沿。疼痛，就像她中分的发型，在她头上简直清晰可见。她嘴上虽然说的是法语家庭作业，那副样子却如同正在谈论生与死的问题。

"我的耳朵会因为悲伤而枯萎!"海洛一边听她说，一边暗想。

"当然，对孩子们的进步我们总体上颇感满意，"这女人宽慰海洛，"不过已经有事实证明他们在现在时态和过去时态的理解上有困难。相反，对将来时态，他们却领会透彻。那上面他们不需要再做任何额外的功课……"

海洛坐在自己的长发上，完全搞不懂这个对她讲着完美法语的女人为什么不自己担起教育孩子们的责任，反而偏要选择多此一举的方式来培养他们。就在这时，那男孩从外面一间阳光明媚的屋子来到了她们所在的这间昏暗的屋子。做母亲的退出房间，海洛冲向那位罪魁祸首。她用下巴示意他坐下，用脚把桌子下面他的双腿姿势踢踢正，然后抓起那个有法语动词变位的笔记本，决定拿现在时态和过去时态考考他。但与此同时，她感到自己的指甲又在疯狂增生。她看着指甲，发现它们真的在生长，同时她却无法记起写在笔记本右栏里的任何一种变位形式、任何一个字母，她原本是想考考他那些东西的。她翻开笔记本，想恢复一下记忆，她一边念着题目，一边要求男孩背诵法语助动词的现在时态和过去时态。男孩对答如流，这让海洛颇感惊讶。

"在这儿你所有东西都懂，到了学校你却像牛奶挤到一半就堵塞住的牛一样。你究竟是怎么一回事？你母亲对你很是不满意。"

"她不满意的不是我，是卡楚恩齐察。"

"又来这一套？"

"妈妈说，卡楚恩齐察对将来时态掌握得特别好，可就是学不会现在时态和过去时态。我简直不能想象她居然搞不懂这些时态，因为这些太简单了，比另外两种都容易……不过，妈妈说你来这儿就是因为这个，把卡楚恩齐察从她所处的顽固不灵的困境里拉出来……"

海洛盯着男孩，若有所思地用头发缠住自己的腰，随后离开了。下一次再来时，她的头发做成了时髦的双色发型；她从关于海洛和勒安得耳故事的课文里选了十行诗让男孩翻译，这篇课文就在法语教科书里。男孩慢慢读着这篇课文，实际上这是一首古希腊诗歌的法语翻译：

> 当海洛垂下目光望着地面的时候，
> 勒安得耳眼里充满爱意，不顾疲惫
> 凝视着这位朝气蓬勃少女的纤细脖颈。[1]

---

1. 原文是法语：Tant que Héro tint son regard baissé vers la terre, / Léandre, de ses yeux fous d'amour, ne se lassa pas / De regarder le cou délicat de la jeune fille...

教科书翻到此处，男孩见是一幅图画，便中断了他的阅读。

"他是在什么里面游泳呢？"他问道。

"多么愚蠢的问题啊！除了波浪里、海水里，他还能是在哪里游呢？"

"勒安得耳是朝着你游来吗？咦，你就是海洛啊！"

"我就是那个啃自己手指甲和脚指甲的海洛——而你，小伙子，严禁那样做。"

"勒安得耳为什么朝你游来呢？"

"因为他爱上了海洛。在他游水的时候，她给他掌灯照明。"

"你不怕他吗？要是他游上了岸，会怎么样？"

"答案你是不会懂的。"海洛答道，她有一对形状漂亮的乳房，一个深似耳穴的肚脐，脚趾上还戴着响铃。

"那么人们最后对他做了什么？他游到岸上了吗？"

"读下去，你就知道了……他没有游到岸上。根据一种说法，海洛的哥哥在一条船上点亮一盏灯，用这盏灯的灯光把勒安得耳引到海上，然后熄灭了灯光。他返回海岸上，留下勒安得耳在远离海洛的黑暗中溺水身亡。"

"我喜欢这个故事！你哥哥保护了你啊！"

"你一直在胡说八道。我哥哥在布拉格学音乐呢；最好是别谈他。继续读吧，聚精会神，不然你早上会不从原来那一边起床的。"

然而，到了早上，反倒是海洛从不该起床的那一边起了床。床的左侧。她醒来时感觉自己的舌头像蛇的舌头那样分成两叉，虽然她只能感觉到左侧的叉尖——右侧的不起作用了。她起了床，搽了些"天然化妆水"，用自己的长发掸了掸桌子，开始为她的毕业期末考试复习功课。复习在一定程度上进展顺利，但后来就停滞不前了。于是她决定检查她学生的课外作业。她发现自己再

THE INNER SIDE OF THE WIND

也搞不懂现在时态和过去时态了。简单地说，就是笔记本右栏里的那些词形让她头痛。然而，左栏里的内容反倒让她觉得格外明白易懂；确实，之前她从未如此精通过她的母语和法语中的将来时态。法语中的将来完成时态尤其让她着迷。她觉得：有些人会尽可能在最接近当下的时段啃噬时间，但也有一些人，就像舞毒蛾，会飞至时间的中段开始咬噬，并在身后留下破洞。这些想法让她觉得自己头上仿佛有两种头发，于是她决定休息……

她在衣橱里找到第一天去杜布拉琪娜街时被泼洒的酒液染上污渍的那条裙子，拿着它去了洗衣店。

"吓唬一个人，动物也会做出反应！"她边走边想，"所以，倘若有人吓到你了，就要留心你身上哪个地方最先并最快对危险和意外做出反应：嗓音、双手、大脑、眼睛、头发、味道发生改变的唾液，或者气味发生改变的汗水……把这个牢记在心吧，假如还来得及的话。它们是先驱、是先锋、是有什么东西威胁到你的第一个信号……"

因为，在洒洒出来的那天，海洛身上没有哪个地方做出反应——或可以说几乎没怎么产生反应，如果不考虑那只手不巧碰到酒杯以及那只手上的指甲可怕疯长的话。那可是仅有的预警信号，她却有大半年时间没有意识到这一点。如今，在一切似乎为时已晚，人们发现她已经失去平衡的时候，她才惊讶地瞧着那只满是长指甲的手，对这些指甲她没有及时注意到。

"再也无法忍受了吧？"一名女大学生在学院教学楼前心怀叵测地对她说，还向她问时间。海洛发现自己竟然无法回答，尽管她知道那会儿是几点。她想顺着从卡莱梅格丹要塞那边吹来的两股风继续往前走，就没去回应，然而突然间她却脱口说出了答案，用的则是将来时态：

"马上就十二点零五分了。"

"要当心，你不是那种在十二点零五分注意看时间的人；你看上去太心不在焉了。"那女生回答，任由她张着嘴巴。显而易见，海洛因为法语所经受的心病，这种对现在时态运用的麻痹，也同样影响到她讲母语了。

"既然我不再需要使用现在时态了，那现在时态会出什么状况呢？"海洛惊恐不安地想，"它现在是不是去了别人那里？是不是别的什么人要接管并继承我的记忆？"

的确，海洛似乎是在使用另一种语言，迥异于她的同代人所使用的，虽然她使用的还是同一种语言。她感觉自己仿佛是在一条静静停泊在汪洋大海中央的船上；她的梦之"三齿"鸟正在用它的巨翅阻断那本可以吹动船帆的风，与那条船的风帆鏖战。她开始用小手表来代替纽扣，但终归徒劳。她没有通过期末考试，因为，从她描述的交由她负责的实验的过程和步骤来看，你根本搞不清先发生了什么和后发生了什么。她的指甲疯狂生长，走到哪里就剪到哪里，甚至是在拜客参观的时候，尽管人们警告她这样会给大伙带来厄运。

她没有再去杜布拉琪娜街，因为那男孩对笔记本右栏的内容掌握得比她还要好，她还发现自己越来越频繁地只测验他左栏里的内容，也就是对她来说既亲密又熟悉的将来时态栏里的内容。不过，她停止到杜布拉琪娜街授课的主要原因却很特别，也更加重要。她担心某天自己会发现，坐在那间黑屋里圆桌旁的不是那个男孩，而是卡楚恩齐察，她转动手上的戒指冲着海洛闪出光亮，嘴上半含着微笑。她害怕自己会丝毫不觉得诧异，并且会仿佛没有发生任何事情似的开始给她讲课。她担心既然自己再也认不出现在时态，那也就没法去教卡楚恩齐察这种时态了。情况远不止如此。她既疑虑又确知，她们两个在将来时态的问题上将会相处得既轻松又顺利，为了她们那命定的、但依然没有完成的使命，酿造人们从未喝过的犹太樱桃酒。至于第三把椅子，小男孩的那把现在时态的椅子，对她们两个来说，将永远保持空虚无人的状态。

心里萦绕着这些想法，她碰巧在书架上看见她的梦境记录簿。她拂去蛛网，将它打开，眼前的迷障立刻烟消云散。问题其实不复杂。她盯着她的记录簿，发现即使在梦里你拥有的也不是做梦人的现在时态，相反，是某种类似分词形式的东西，其动作形态对应着做梦人在睡眠中使用的时态。梦的语言学清晰表明做梦的时态中有副词存在，并表明通往现时的道路会穿越未来，而这一点又是通过做梦来实现的。因为梦也一样没有过去时态。一切都仿佛是未曾经历过的事物，如同一个预先开始的陌生的明天，如同花费在未来生活上面的一笔预支贷款，这种未来的实现是在做梦人（陷入将来时态的包围）避开了那必然发生的现时之后。

于是忽然间，一切问题都变得极为简单而又可以理解了。海洛使用的语言，具有她在记录簿里细致研究过的梦境语法的全部特征与缺陷。它没有现在时态。海洛最后得出结论，她语言上的毛病来自这样的客观事实：她实际上一直都在沉睡，根本无法从沉睡中挣脱出来回到现实。她尝试了所有可能的办法想要醒来，却无济于事。在多少有点惶恐失措的情况下，她断定只有一种可能性会让她挣脱出来。在十二点零五分，等所有人一离开，她就炸掉化学学院，如果她没有睡觉，她会在死亡中醒来；如果她没有醒着，她会从她的生活、她的现实状态中醒来。

"我必须得这样干。"海洛一边喃喃自语，一边沿着奇卡·柳碧娜大街匆匆走去。随后她发现时间尚早，还有半个钟头才到十二点零五分。她正好路过她把那条裙子拿去洗的洗衣店。

"我要进去把钱付了，我有时间。"她说，并且付诸了行动。

"嗯，洗好了，"店主说，"不过我得提醒你，那不是一道污渍。你以为是一道污渍的地方，在右边这里——其实是这条裙子唯一干净的地方……"

"这家伙可能是对的。"海洛边说，边走到街上，"笔记本的右栏见鬼去吧！反正它永远都会比左栏可恶！"她没去学院，没在十二点零五分把那里炸掉，而是直接去了杜布拉琪娜街上的西莫诺维奇家，做她的家教。

西莫诺维奇夫人得意洋洋地把她介绍给笑容满面的西莫诺维奇先生，仿佛引领她走进一座大教堂；他们把海洛心怀懊悔的重返当作一场胜利。当着全家人的面，海洛让男孩在那间黑魆魆的起居室里的圆桌旁坐下，那第三把椅子，为卡楚恩齐察准备的椅子，永远空在那里。

接着，让那家人大吃一惊的是，海洛往圆桌旁边又拉了一把椅子。海洛想："现在我要反其道而行，跟你们开个玩笑，直到你们的耳朵掉下来！"

"这把椅子是给谁的？"男孩母亲惊骇地问，她的笑容开始瑟瑟发抖，像一只受惊的仓鼠那样。

"是给勒安得耳的。"海洛镇静地回答，"他已经游了过来，从现在开始他将跟我、跟卡楚恩齐察，还有你们的男孩，一起上课。我现在每天早上也给勒安得耳煮个鸡蛋。"

那一刻，海洛感到她的魔咒、梦境、白日梦，或随便那是什么，在她的周围像肥皂泡似的破裂了。

"你为什么像个傻鸟似的看着我？"她问那个男孩。然后，她哈哈一笑，离开了，投奔住在布拉格的哥哥去了。

2

海洛要投奔住在布拉格的哥哥并在那里继续她的学业的那个决定，并不像我们可能认为的那样属于突发奇想。她早就觉得需要改变自己的生活方式了。尽管她长得漂亮，有着可爱的天鹅颈似的脖子，一只眼睛里装着白天，另一只里面装着黑夜，但是她很孤单。鉴于她在贝尔格莱德过的孤寂生活，充满了梦境、徘徊和令人诧异的事情，再加上第四个鸡蛋和第三把座椅，她早已渴望去过普通的、日常的家庭生活了；她可以跟住在布拉格的哥哥一起过这种家庭生活，因为她的哥哥玛纳西亚·布库尔，布拉格音乐学院的一名学生，是她在这世上还有的唯一的一个家人。海洛有三年没见过他了，这三年沉甸甸地压在她心头，因为除了这个哥哥，他们家最后一个布库尔，很久以前就在一家采石场死于十二点零五分。她厌倦了孤单，便一直通过书信与哥哥保持联系；不过，这种通信并不是常见的那种，至少可以这么说。

关于这件事，应该提一提海洛具有隐秘的文学方面的野心。既然没有出版商接受她的手稿，她就决定做一些翻译，这倒是让她取得了成功。只不过在她翻译出来的文稿的字里行间——亦即在阿纳托尔·法郎士、皮埃尔·洛蒂或穆齐尔[1]的小说中间——她会嵌入自己写的某

---

1. 阿纳托尔·法郎士（Anatole France, 1844—1924）：法国小说家，著有《泰伊斯》《诸神渴了》等作品，1921年获诺贝尔文学奖。皮埃尔·洛蒂（Pierre Lotti, 1850—1923），法国小说家、海军军官，著有《冰岛渔夫》《拉曼邱的恋爱》等作品。穆齐尔（Robert Musil, 1880—1942），奥地利现代主义小说家，主要作品有《没有个性的人》。

个没人愿意出版的短篇故事，或至少会嵌入某个故事的部分片段；这样，借助于各种翻译，她最终将自己的一整本短篇小说集刊登在了别人的长篇小说里。

每当她翻译的一部小说在某家报纸上被分期刊载，或是作为单行本被出版之后，她就用唇膏把嵌入文本中的她个人的作品标记出来，再把整本书或报纸当作一封信件寄给住在布拉格的哥哥。耐人寻味的是，这些嵌入的作品总是包含着唯有哥哥和妹妹才会明白的秘密信息。

海洛不喜欢诗。她认为："如果说诗是对作家的一种惩罚，那么散文就是一种恩典。"

作为海洛与她哥哥通信的一个例证，人们可以提到下面这个故事；她把这个故事像布谷鸟蛋一样嵌进了她翻译的阿纳托尔·法郎士的一部小说里，或是别的某本译作里：

彼得·德·维特科维奇上尉的故事

那是1909年秋季的一天早上，听到军号声，奥匈帝国军队的工程兵支队上尉、尊贵的彼得·德·维特科维奇先生醒来了，不在他的床上，而是在某个人的灵魂里。

诚然，乍一看此人的灵魂极为空旷，不太通风，穹顶超低——简言之，这个灵魂跟其他任何人的灵魂都很

相似，只不过显然是属于一位陌生人的。跟德·维特科维奇上尉自己先前的灵魂相比，这个灵魂的灯光更明亮一些；即便如此，他却不能保证自己不会一不小心撞到这位陌生人灵魂的边界或陡壁。尽管上尉坚信，人生最重要的是按时抵达一个人的第五十个年头，但他还是感到心神不安。当然，他立刻注意到了这种变化，尽管押送他的人，两个穿军装、带步枪的卫兵并没有记录下任何事情。你也可以说这种变化的发生，既没有被军事法庭检察官科赫中校注意到，也没有被调查法官冯·帕兰斯基少校发现，在德·维特科维奇上尉一案庭审的过程中，每当被审查者开始用真实姓名称呼那些和庭审相关联的事件、人物或东西时，这位法官就会气喘发作。

尽管司法和调查机构存在这样漫不经心的情况，也许正是因为这些情况和机构，德·维特科维奇上尉的案子变得更复杂了。除了他（因为与外国势力——亦即塞尔维亚王国的军事代表们保持联系）已被判处终身监禁，还要迅速乘火车从维也纳被押送到彼特罗瓦拉丁[1]——他得在那儿服满刑期这些情况，彼得·德·维特科维奇上尉如今又因为一个陌生人的灵魂而陷入了更多的麻烦。麻烦至少来自两个方面。首先，他当然想知道，当他戴着很长的锁链、由两名卫兵押送着穿越那个陌生人的灵魂（如今已被分配给了他）前往彼特罗瓦拉丁时，他自己的灵魂在哪里，它发生了什么事。在那个陌生人的灵魂里（现在这已是不容置疑的事实），他感觉心情越来越糟。他没法找到自己的坐标，也不确定当一个人在别人的灵魂里穿行时，是不是有军用罗盘仪来测定方位。

　　德·维特科维奇上尉果断打消了这些念头，却从映照在火车隔间窗玻璃上他自己的面孔上猛然辨认出他父

---

1. 彼特罗瓦拉丁，塞尔维亚诺维萨德自治区的一个城镇，享有多瑙河上的直布罗陀的美誉；著名的彼特罗瓦拉丁要塞始建于13世纪，由奥地利城堡设计师重建于18世纪。

亲那双疲倦的眼睛；与此同时他也很疑惑，不知道现在归他保管的那个灵魂的主人发生了什么。那人在做什么？他是谁？他住在哪里？在自己的灵魂被指派给别人之前，他被放逐到了什么地方？不过，最糟糕的是，上尉无法知道那个陌生人的灵魂，此刻，上尉正在这个灵魂的最深处旅行，随行的还有他在监狱里长出来的虱子——面对他的生活习惯和他现在崭新生活的复杂环境，会做出怎样的反应。

譬如，没有可能知道，对于他的习惯性牙痛，或是对于他偶尔会把监狱里一只老鼠烤来吃的行为，那个灵魂会作出何种反应。

就在这时候，上尉的思绪被他身后一个高亢的声音打断了，那声音在火车上忧郁地唱起歌来，那些音符就像正从刚洗过的头发里穿过一般。似乎是对那个声音做出回应，德·维特科维奇先生牙痛得越来越厉害，拨给他使用的那个陌生人灵魂里的每一根弦也在震颤。于是，上尉立刻发现那个陌生人的灵魂颇具音乐天赋，他自己的灵魂当然谈不上拥有这一类的天赋……随即，高贵的德·维特科维奇决定要在这个新鲜灵魂里逛一下；要寻找出那些它确实拥有的未知的疆域，以及非常自然的那些对他而言全然陌生的疆域。就这样，他戴着镣铐坐在火车长椅上，展开了自己的巡游。

在移动过程中（漫无目地移动，一个人在另一个人的灵魂里只能这样移动），德·维特科维奇上尉遇到一扇窗户。一扇朴素无华、寻常无奇的窗户（"看来灵魂也是有窗户的。"他一边透过窗户凝视，一边寻思着）。窗户的另一边没有任何东西。绝对没有。但是这扇实实在在的窗在这具灵魂里倒是具有一种完全新颖的含义，比如说，在德·维特科维奇上尉的生活里还未曾有过别的窗户。这扇窗不是用正常情况下的一把锁或一只把手来简单表示一个木头十字，而是象征着一种对德·维特科维奇先生的生命和时间的诠释，以及对这个世界上所有其他人的生命与时间的诠释。高斯的同时代人，十八世纪著名物理学家阿塔纳西耶·斯托伊科维奇[1]，甚至在上世纪就已经知道存在着两种永恒，而不是一种；对此德·维特科维奇上尉也非常了解，因为物理是军事学院的必修课程。这两种永恒（来自上帝）现在由窗户上的竖杆来表达，同时纯粹的时间（出自魔鬼）体现在窗户的横杆上。永恒与时间交叉的地方，则用窗户上小小的手柄或锁扣来标识。生命的奥秘或钥匙就藏在那里；作为时间和永恒相互交叉的地方，那里就是当下这个时刻，其中唯有生命，因为时间在这个交叉点停止了。

由此，一个人可以得出结论，"时间从何而来"这个

---

1. 高斯（Gauss，1777—1855），德国著名数学家、物理学家。阿塔纳西耶·斯托伊科维奇（Atanasije Stojkovic，1773—1832），塞尔维亚物理学家。

问题的答案就是："时间来自死亡。"因为只要存在死亡，就存在时间。一旦死亡没有了，时间也就不复存在了。所以，死亡就像一只蜘蛛似的编织着我们的时间。如果生命存在于时间停滞不动的地方，拘禁在当下这个时刻，那么死亡就存在于时间在其中流逝的那个疆域。换句话说，时间通过死亡而流逝，在生命中分毫不差地停滞于永恒和时间在这个灵魂窗户上的交叉点……

这时，德·维特科维奇先生感到镣铐磨得他火辣辣地疼痛，于是便放弃了他的探究。诸如此类的思考和疑惑没有让他苦恼多久。旅行了三天后，他们到达彼特罗瓦拉丁，一个个胡须蓬乱，两腿僵硬。这个位于大河之畔的地方，乃是上尉在其一生中看到的最后一个地方。一名卫兵对他讲了一些话，可以算是一种宽慰、一种恐吓，或是一种训诫，或是三种意味全在其中：

"人类的生命是一种古怪的物种：终点不是在结束的

地方，而是在人生轨迹的中段；你若奔跑，你可能在许久以前就已经越过了终点，而你却不知道——你甚至从没有注意那是在何时发生的，你也永远不会发现那是在何时。你只是那样一直在奔跑。"

镣铐从这名囚犯身上卸下了；沿着一把梯子，他被向下弄进一间地下囚室，那里永远都是秋季，或更确切地说，永远是秋天的夜晚，因为那里见不到白天的光线。在他头顶上方的活动板门落下之前，德·维特科维奇上尉瞥见一张有着冰冷铁栏杆的行军小床，一个挂在墙上的天主教十字架（虽说上尉本人是东正教信徒），以及一个挡在一道黢黑且深邃矿井入口处的巨大格栅。紧挨那道入口的有一张桌子，桌上有一支未点燃的蜡烛、一些稿纸和一台史密斯-科罗纳打字机。行军床上放着一本用捷克语翻译的《圣经》（尽管德·维特科维奇先生是塞尔维亚人）。

活动板门冲着他砰然关闭时，两种令人不安的思绪闯进德·维特科维奇上尉心里：第一，一个人能（从法律上讲）将一个陌生人的灵魂（就目前情况而言，诚然，它是由这位被判了刑的人自己占据着）判处终身监禁吗？为了避免任何令人不爽的法律监管，一个人应该把法庭检察官们的注意力吸引到这种错综复杂的局面上吗？第二，那个崭新的灵魂绵延有数公里，而且又以它为中心向世界的两侧扩展了数英里，它是不是跟他自己的灵魂一样属于东正教呢？还是属于新教徒，甚或是属于天主教徒？这是一个重要的问题，因为彼得·德·维特科维奇上尉想搞清楚，在最后审判日那天，魔鬼们是要度量那个陌生人的灵魂呢——谁晓得这是谁的呢？兴许是穆斯林或者某个犹太拉比的，——还是要度量他本人的灵魂，这个小小的东正教徒的灵魂，在判决对他刚一宣布时，就已经逃之夭夭了。

于是，德·维特科维奇上尉决心要监视他被囚禁其中的那个陌生人的灵魂，就在他所待的地牢和彼特罗瓦拉丁要塞的下面；要盯住那个崭新、陌生的灵魂，如今正是通过它，看不见的多瑙河与他自己勉强可见的生命正在流逝。

不过他不是唯一进行监视的人。还有另外一只眼睛在盯着他。上尉坐在铁床上，当然很清楚：尽管他已被判了罪，但别人还是期待从他这儿获得更多与他卷入其中的整个军事案件相关的招供和信息；而且调查官冯·穆尔克少校，是因为强烈期望囚犯会用更多招供材料把整齐摆放在打字机旁的一大叠纸写满，才留下了蜡烛与打字机。时不时地，调查官会掀开囚室活动板门，向这具矮小虚弱、黑麦般粗毛长得格外茂密的身体盯上一眼。他怀疑岁月侵袭这个囚犯脸庞的速度是否快过了侵袭他自己的脸。不过他绝对想象不到，他对它抱有此类公务上兴趣的这具身体，要看东西只能通过另一个人，只能通过第三个人的灵魂，这个灵魂在德·维特科维奇上尉的整个案件中引起难以预料的困难，因而严重威胁到他对整个事件的官方认知。自然啦，守卫得到严格的命令，要向调查官报告这个囚犯行为举止上的任何变化，他们也警觉地监视着他们的牺牲品；与此同时，囚犯自己则紧盯着那个陌生人的灵魂，他就躺在它的最深处。

在这样相互监视的过程中，时间过得飞快，直到一个阳光明媚的早上（德·维特科维奇先生注意到，那个陌生人的灵魂知道那天外面是一个阳光明媚的早晨，他本人却不知道，也没法知道）。所以当天早上，上尉无可辩驳地断定，与他自己真正的灵魂相比，正在那里面坐着吃早餐的那个陌生人的灵魂非常迟钝。随后有天夜里（如果当时就是夜间），德·维特科维奇上尉让一声咳嗽给吵醒了。有人在他那黑沉沉的囚室里咳嗽过。陌生人那具灵魂得了某种超自然的感冒，而且咳嗽过。不过，这种状况并没让德·维特科维奇上尉产生忧虑；他担心的是别的事。从咳嗽声不难判断，这具生疏的灵魂是属于一位女性，而非一位男性。

"也许男性的灵魂和女性的灵魂总是成双成对的，跟死亡一样。"德·维特科维奇先生心想，然后，他第一次坐到了打字机的前面。他开始敲字，那些守卫愉快地把急于聆听的耳朵凑过来，他们曾接到严格的命令，诸如此类的事一旦出现，千万不要打扰他，甚至连观察都不行。

"终于啊。"调查官冯·穆尔克嚷道；他鼻子发出汩汩之声，就像一只胃。他匆忙赶去亲自听。打字机敲得流利快捷，尽管偶尔会有小差错；德·维特科维奇上尉在某个按键上会稍作停顿，然后有时会一下子敲到几个按键，那几个按键便挤成一团；但在多数情况下，对于一些类似德·维特科维奇先生这样、将自己妻子的身体与拇指的比例关系熟记于心的人来说，打字进展得非常顺利。

为了不打扰这名囚犯，守卫们得到命令绝对不能去收上尉每天早上打字写好的那些报告、自首书或随便什么材料，只能把新的蜡烛定期供应给他。

但是后来发生了意想不到的事，险些打破了调查官与其上级的所有希望。有一名守卫（算不上很机灵，但晓得在地窖里不能吹熄蜡烛）公然违反禁令，通过一个小孔向监牢里窥视，当时德·维特科维奇上尉正坐在那个陌生人灵魂的边界处——他就被封锁在那个灵魂里，用他的打字机打字。那名守卫对他看到的东西，或更准确地讲，对他没有看见的东西感到惊愕。他立即把调查官找来，好让调查官也能看看。德·维特科维奇上尉坐在沥青般的黑暗中，正在打字。他根本没点蜡烛，而是在十足的黑暗中消磨他的昼与夜，在一团漆黑中依靠指法打着字。

"蜡烛有什么用?"他心想，既然他无论如何都得在包围着他的那陌生人的灵魂中摸索着穿过黑暗。

然而，调查官冯·穆尔克对事情的这一变化并不是完全不高兴。他希望上尉在黑暗中打出来的东西能有助于调查这桩复杂棘手案件中的其他嫌疑人。所以他下令不要改变关押德·维特科维奇先生的例行规定。他知道在军队中失败者的成功法则：吞下泪水，继续前进。因此，每天晚上，德·维特科维奇上尉躺在他的行军小床上，牢牢抓着床边那把铸铁椅子的扶手，在那陌生人的灵魂里进入睡眠；跟所有塞尔维亚人一样，他从不饶恕，却很快会忘记，所以他的睡眠是不会被糟蹋的。

然而，例行规定突然中断。塞尔维亚与奥地利爆发冲突，引起了第一次世界大战，彼得·德·维特科维奇上尉的案子得到重新审理，对他的判决改变了。有一天刚到黄昏，上尉被带到一支行刑队前面的堡垒墙边。他看着他们瞄准，听到他们开火。他被处决了。第一轮齐射当场要了他的命。完全不需要第二轮齐射。一名军官走上前确认他已经死了，然后就离开了。他们把上尉放到一匹散发着酸臭汗味的骡背上，把他驮到一棵树前，有三个士兵在那棵树下掘了一个坑，然后把他入了土。埋葬他的当口，他们时不时停下来用军帽擦把汗。坟墓最后合拢；多瑙河浪波迸涌，砸向堡垒墙脚的岩石；上尉的牙齿依然隐隐作痛。

人们在他囚室里那张桌子上找到一叠打了字的纸。尽管这些纸立刻成为奥地利最能干的密码专家展开全面调查的材料，但纸上面尽是些在黑暗中胡乱打上去的字母；这些字母没有任何意义，也没有任何秘诀可以将它们破解。这些盲打上去的字母并不具有任何秘密的含义，也未蕴含什么隐蔽或不隐蔽的信息。例如，从下面的题词中就挤不出任何东西：

JIJK, KOL, OHJYFE, WFYGDGEHS ...

海洛将这样一个文本嵌进她当时正在翻译的洛蒂或另外某位作家写的书里；等那本书甫一出版，她就把第一本（跟通常一样，用唇膏把她的镶嵌文本标画出来）寄给住在布拉格的哥哥。正如已经讲过的那样，这是他们兄妹之间的一种隐秘的联系方式。哥哥立刻找出书里有标记的地方，浏览一遍，然后在结尾处停下，那里有海洛编写的那行用史密斯–科罗纳打字机打出的字母，其实就是不幸的德·维特科维奇上尉写下的文稿。

海洛的哥哥玛纳西亚·布库尔开怀一笑，回信说尊贵的德·维特科维奇先生记下来的是一段由约翰·塞巴斯蒂安·巴赫在一台打字机而非钢琴上演奏的F小调三节拍的创作……

除了这种通信，在海洛的一位女性朋友的论文里，人们还发现如下的一封完全普通的信件，披露了布库尔兄妹在意大利做的一次旅行：

"去年，我哥和我在意大利的老尼古拉圣殿和小尼古拉圣殿一带度过了冬天和春天。"海洛在信中写道。"为了支撑我们的生活，我哥哥晚上会在一家酒馆演奏，那里在热情洋溢的顾客们的众目睽睽之下，有两位年轻姑娘互相给对方脱衣服穿衣服。每逢我哥哥不用去表演的晚上，他就带我去音乐会或剧院。我们住在罗马，用早餐是在当地犹太人居住区的一家小饭馆里。一天早上，报纸上的一张剧院海报吸引住了我哥哥的视线，他还指给我看了看。那是一条伊比库斯[1]剧团为穆赛欧斯[2]的《海洛与勒安得耳的爱与死》首次公演发布的邀请启事。

---

1. 伊比库斯（Ibycus），公元前6世纪一位希腊抒情诗人。传说他在哥林多的树林中被强盗杀害，目击者只有天上飞过的一群鹤，他就要求那群鹤为他复仇；当人们在哥林多的露天剧场为他举行纪念仪式时，一群鹤盘旋在剧场上方；混在观众里的凶手之一看见鹤，不由自主地喊："瞧，那是伊比库斯的鹤！"凶手和罪恶由此暴露。
2. 穆赛欧斯（Musaeus Grammaticus），公元前6世纪初的一位古希腊诗人，有诗作《海洛与勒安得耳的传奇》。

"'这可是你的故事呀。'我哥哥开了个玩笑，然后我们就出发去领票。那张海报写明了这出戏上演的街道地址，还引用了那位古希腊诗人的几行诗。诗是这样写的：'自从男人来到世上，他一直在两个**不**之间做着选择。'那家剧院的名字很怪（叫"男孩子的剧院"），我哥哥和我以前从未听说过。我们租了一辆车，找到那条偏僻的街道，街道狭窄，尽是台阶，台阶的布局非常特别，好似钢琴的琴键一般。我们的司机从未听说那里有什么剧院。不过我们有地址，司机还告诉我们这条小街上有一些小巷通到与之平行的一条比较宽敞的大街，他估计那家剧院的入口可能就在小巷里。就这样我们找到了地址，看见墙上贴着两张预告那出戏的海报，就仔细看了看。第一张海报上有摘自穆赛欧斯故事舞台改编本的一个选段：

勒安得耳：我已经死了三天了。你呢？

海洛：　　当我们忽略某样东西并把它忘却了，然后又试图把它回想起来，这忘却了的东西，这以损害我们的记忆为代价而扩散的虚空，就会失去它的真实的大小比例；在我们忘却的帷幕背后，它会变化、生长，越来越大。当我们最终记起了我们已经忘却的东西，我们会失望地看到，它根本不值得我们付出全部努力并设法将它记住。对我们的灵魂来说也同样如此，我们每时每刻都在忽略它并忘却它。

勒安得耳：除非灵魂在人死后依然能生长。就像指甲。但是会长得更长久，非常长久，只要我们的死亡一直延续。不过要注意，你的死会变得更年轻；它会变得比你还要年轻许多。它会向过去倒回数百年。反之，我的死会变得比我更年长，它会从现在开始一直延续到未来的数个世纪……

"另一张关于《海洛与勒安得耳》的戏剧海报更为奇怪：

文法家穆赛欧斯作品
《海洛与勒安得耳故事诗》
手稿与版本
（向伊比库斯戏剧公司致敬的舞台剧作品）

MANUSCRIPTS AND EDITIONS

OF THE POETIC TALE OF HERO AND LEANDER

BY MUSAEUS THE GRAMMATIAN

(In honor of the Ibicus Theater Company's stage production)

BAROCCIANUS 50 SAEC.X.

E CUIUS FAMILIA:

    VOSSIANNUS GR.Q. 59CA.1500

    ESTENISIS Ⅲ A 17 SAEC.XV.

    ESTENISIS Ⅲ C 12 PARS ANTIQUA (U.250-343)SAEC.XIV.

    HARLEIANUS 5659 SAEC.XV EX.

    PARISINUS GR.2600 SAEC.XVI IN.

NEAPOLITANUS Ⅱ D 4 SAEC. XIV.

E CULUS FAMILIA:

    PALATINUS HEIDELBERGENSIS GR.43 SAEC.XIV.

VATICANUS GR. 915 SAEC.XIII EX. UEL POTIUS SAEC. XIV IN.

    MARCIANUS GR. 522 SAEC. XV VATICANI GR. 915

        APOGRAPHON.

PRAEBENT TANTUM U. I-245:

PARISINUS GR.2763 SAEC. XV EX.

LEIDENSIS B.P.G. 74 C SAEC. XV.

AMBROSIANUS S 31 SUP.SAEC. XV EX.

PARISINUS GR. 2833 SAEC. XV EX.

LAURENTIANUS LXX 35 SAEC. XV.

RICCARDIANUS GR. 53 SAEC. XV.

ESTENSIS Ⅲ C 12 PARS RECENTIOR(U.1-245) SAEC. XV.

CODICES DETERIORES:

PRAGENSIS STRAHOVIENSIS 30 SAEC. XV.

BAROCCIANUS 64 SAEC. XVI.

AMBROSIANUS E 39 SUP. SAEC. XVI.

GOTHANUS B 238 SAEC. XVII IN.

EDITIONES：

EDITIO PRINCEPS ALDINA, VENETIIS EXCUSA CA.1494.

EDITIO FLORENTINA JOH. LASCARIDE AUCTORE CA.1494.

"我们就这样找到了伊比库斯戏剧公司，但是伊比库斯剧团演出的地方——"男孩子的剧院"，却相当难找。当我们走进一间地下室的时候，我们的司机说了三遍'阿门'；我们爬上一座阁楼，也是白费劲儿。真的，那座房子确实有为男士服务的通道，也有为孩子服务的通道，甚至还有一个"女士出入口"，通向第三条大街，那条街也是既宽敞又明亮；我们从出入口挤进去，但是那里也没有剧院。没有人听说过诸如此类的剧院。所以我们就放弃了，可是几天之后，我哥哥拿报纸给我看，他们又在报上为根据穆赛欧斯的《海洛与勒安得耳故事诗》改编的舞台剧做了广告。这还不是全部。那份报纸还刊登了一个叫伊丽雅娜·邦吉奥诺的人评论伊比库斯戏剧公司剧作的文章，重点讲了年轻的女主角伊莱娜·普雷阿尔所做的才华横溢的表演。这一次，我们去了一家位于罗马市中心的票务室，那里替五花八门的剧院出售戏票。我们询问男孩子的剧院的情况。他们说他们没有那出戏的票。女售票员叫来一位老年绅士，他的眉毛赛过了胡髭，仿佛他的鼻子是上下颠倒的；他倒是还记得一些事。我们找过的那个地方，确实曾经是一家剧院；名字倒不是男孩子剧院——他觉得这是一出戏的名字，而不是剧院的名字——不过很久以前他在那儿看过皮兰德娄[1]的一出戏；更确切地讲，他曾见过为那出戏当伴奏的钢琴师，此人在演奏过程中会沉默一分钟，就像在读一本放在琴键上的书，然后身子猛地一跳，似乎烧到了他自己的手指一般，要么就是身体后仰，仿佛是想用他的脚去够钢琴下面的一只鞋……要不然就是，未曾离开他的硬座位，却高高地抬着他的胳膊肘和膝盖，踮起脚尖把身体提起来……

---

1. 皮兰德娄（Luigi Pirandello，1867—1936），意大利小说家、剧作家。主要作品有《六个寻找剧作者的角色》《西西里柠檬》等，1934年获得诺贝尔文学奖。

　　"摆脱这位老年绅士后，我哥哥和我马不停蹄，即刻去了刚获得地址的地方，发现那里确实有一家'袖珍'剧院。他们放我们进去，虽然颇感惊讶。我们进去后就僵住了。那是一家真正的'演艺船'剧院，只不过它仅剩下船骨架。可怖啊！老鼠在上面起码已经吃了二十年东西了。就在罗马的一间阁楼里。我哥哥询问这家剧院建造于哪个年代，结果大为惊骇：它跟他同龄。

　　"惊恐之下，我们跑了出去，不过我哥哥用一句话使我平静下来：'瞧，生活中那些貌似难以置信、神秘莫测或离奇怪诞的事情，它们那具有欺骗性的外表背后，隐藏着最最平常无奇的故事。'

　　"'这就意味着，'我说，'要当心那些最最平常无奇的东西和事件，因为在它们那些平常无奇的面具背后，隐藏着恐怖、灾难，还有死亡。'

　　"事实确实如此。几个星期以后，我们把这个故事讲给罗马的一些朋友听，他们呵呵地笑说诸如此类的事确实存在。实际上他们都没听说过男孩子剧院，但是他们认为伊比库斯戏剧公司，那个为古希腊诗人穆赛欧斯的作品的首发式做过广告的剧团，确实巧妙利用了这种预告为它自己赢得了声誉。谁会去检查他们是不是真的演出过那场戏呢？广告，有时甚至还有对未曾付诸实际的演出的付费评论，会证明他们确实演过，在罗马或在巴黎；凭手里的这种事实和证据，他们说不定会在世界上的其他地方、某个别的城市，获得一份货真价实的演出契约。到了那里，他们就可以切切实实地上演他们的'爱与死'了。

"我哥哥和我都痛痛快快笑了一场，倒不是因为这次罕见的小插曲，而是因为我们在罗马真的度过一段愉快的时光。望着我的哥哥——他从来不背对着我，好像我是他每天吃的面包似的，听着他晚上在酒馆里那么优美

地演奏，我想到男人是怎么被诅咒的：在他们激情和幸

福的顶点，甜美的女性水果在他们手里忽然变成两袋沙

子……"

3

在我结束海洛的故事之前，请允许我给你讲讲我自己。我的名字在这个故事里不重要，就像我本人在故事里只是扮演一个非常次要的角色。在我的家乡，当一个孩子出生时，人们会做乳酪，把它储藏在凉爽的地方，然后等到这个人过世的时候，会为了他的灵魂的安宁吃掉这块乳酪。我的乳酪仍然在某处阁楼里等待着。我希望你们读到这些话的人不会吃掉它。我从来没有任何特别的需求；如同人们所说的，除了两只平静的眼睛一瞥之下所能看到的，我从未看到更多的东西。当我吃东西时我会像一只白鸭子似的眨眼睛；我知道爱情好比是一只笼中鸟：如果你不是每天去喂它，它就会死掉。而这个故事——或者更恰当地说，它的结尾——是关于爱情的。

那些年里，当时我尚未开始建立我内心深处的宁静，为了看看我哪只手更重一点，我把日子都花在了掂量我的双手上面。我学过令人伤心的贸易，依靠贸易我一直谋生到今天；但在做贸易的同时，我还满心愉悦地学过音乐，跟随着大名鼎鼎的捷克大师奥托卡尔·舍甫契克[1]从基辅到维也纳，从维也纳到布拉格。为了追随他，一大群各种肤色和性情的学生跟我一起云集在布拉格音乐学院，以致他的课堂上散发着来自三个大陆的汗臭味儿。

---

1. 舍甫契克（Otokar Shevchik，1852—1934），捷克著名小提琴家和卓有影响的音乐教育家。

每隔一日，我就去音乐学院，胳膊下夹着一只盒子，就像我要去埋葬一个小孩似的。我走进那个长方形底楼大房间，天花板很低，总会被房门擦到。壁橱中、角落里、墙壁上，放着或挂着小提琴，有的是裸琴，有的包着琴袋：它们的琴弓插在琴弦后面，有红艳艳、熠熠闪光的1/4小提琴，有明显分文不值的，带条纹、宛似小猪仔的标准尺寸小提琴，也有深色亚光的半透明乐器，乍眼是看不出门道的。不管我是多么频繁走进这个房间，每一次这些乐器似乎不是换了位置，就是变得不一样了。房间的这一切（特别是在黄昏时分，当户外伏尔塔瓦河[1]里的鱼开始咬钩的时候）开始自发地响起一阵喧嚷，纷纷聚集到地板上，地板吱嘎作响，把地毯顶了起来。琴弓开始摩擦那些乐器的边沿，小提琴开始彼此依偎在一起，

---

1. 伏尔塔瓦河是捷克最大的河流，从布拉格穿城而过，右岸为古城区，左岸是高耸的布拉格城堡。

琴弦开始避让和绷断，马尾毛开始满屋子挥撒它们白色的粉尘，磨得锃光发亮的琴腹开始鼓胀到极点，弦钮开始自动旋转。

秋天的一个晚上，我们四个人注意到我们在这间屋子里，不是各自分开来上课，而是一起来练琴。我们四个人，当然，都是学生。舍甫契克把一部四重奏的乐谱交给我们，我从琴盒里取出大提琴，另一名学生带来他的巴松管，第三名学生坐在有黑色键和白色半音键的钢琴前面，最后出现的一位是我们几个人中名气最大的小提琴手。以前我从未近距离见过他，但我在贝尔格莱德听说过我的这位同胞，玛纳西亚·布库尔，还有他的漂亮妹妹，海洛尼雅，一个同时用嘴唇和乳房微笑的姑娘。那些日子里，佩戴猫金戒指和预先定制死亡面具风靡一时，据说玛纳西亚就在追随这种风尚。人们传说，他在假期里会去领受吉卜赛人的圣餐——红醋和山葵——然后销声匿迹几个月，根本无视音乐大师舍甫契克的告诫，后者总是按照他的行踪把用黄麻包裹着的密封信件发送过去。玛纳西亚每次考试都让人们怀着非同一般的兴趣去期待，还会使音乐学院的礼堂座无虚席；他痛饮作乐一个夜晚的价值远胜过平常一个月夜晚的。当他进来时，

我立刻注意到他确实戴着一枚猫金戒指，他还在左手指甲上涂了四种不同的颜色。他演奏的时候，你可以清楚地看到是哪个手指在工作。

我们都做了自我介绍，排练后坐进一家酒馆里喝啤酒，玛纳西亚把泡沫吹进别人的酒杯里。

一天晚上，他透过粘着啤酒花的眼睫毛看着我，问道："你不害怕偶数，是不是？"

"不怕，"我答道，颇感惊讶，"怎么了？"

"因为偶数是死者的数字。鲜花只以奇数形式赠予活着的人，偶数都去了坟墓。开始时是奇数，结束时则是偶数……"

他衣服上的纽扣是用去掉手柄的小银汤匙做的，汤匙底部钻了两个眼儿用来穿线。他为了自娱消遣而解析数学三角题。

"你知道吗？"在那样的一个夜晚，他一边用涂着明亮指甲油的指甲摩擦他的鬓角，一边对我说，"人们可不是平白无故去说：'让四只眼睛全都睁着！'我一直在琢磨，而且我已得出结论，这句谚语讲的并不是某种四只眼的怪物，而是两个人，他们的眼睛有某种相同的东西。正如人的左眼可以透过右眼去看东西，或许一个人自己的眼睛也能透过别人的眼睛去观看。你只要找出眼睛之间共同的联结点即可。任何眼睛——你已见过上百回了——都有各自不同的深度与颜色。这种深度可以用三角学方法十分精确地加以测算。我做过一些研究，我确信深度和颜色相同的眼睛具有一种共同的特征……"

他静默片刻，我注意到他的左眼每眨两下，他的右眼就跟着眨一下。

"音乐也同样如此，"他继续说道，"那些彼此疏离的事物，譬如四只眼睛或四种乐器，应当让它们互相接触，用到同样的工作上。在教堂里你不应该对着聋子演奏，或者教哑巴唱歌。只打红心和梅花，你就不可能赢得一局扑克牌。你必须把黑桃和方块也一样考虑进来才行，你必须把牌的四种花色都玩起来，你必须把四只眼睛全都张开。"

他从琴匣里取出我的大提琴，凭着记忆，完美无瑕地演奏了那支四重奏中属于我的部分，让在场每个人大吃一惊。当他演奏到颤音部分，用他的食指和中指——分别涂成了蓝色和黄色——快速而连续地触动琴弦，你会看到绿色。

"如果你不理解，我可以通过一个简单实例给你解释。"玛纳西亚继续他的演说，"你知道，希腊有座半岛非常狭窄，野牛套上一只普通锚钩就可以横着犁过去，将这座半岛与大陆断开。那就是阿陀斯圣山[1]，东方

---

1. 阿陀斯圣山（Mount Athos），在希腊东北部的一个小半岛上，最窄的地方宽约10米；修道院众多，严禁女性和雌性动物进入。

基督教文明的中心。一千年来，这座半岛一直是修士们的一个聚居地；它是自己任命主教的自治之地，毗连希腊国土；它拥有自己的海关区，由三位辅佐修士与普罗透斯[1]——首相——组成它的政府。他们每一位掌管大印的四分之一，进入阿陀斯圣山的许可签章用的就是这枚大印。据说他们掌管的这些印块是印章的三个阳性部分和一个阴性部分。只有这四位修士各自都拿出他保管的那四分之一印章，大印才能组合完整：四个印块用红丝带绑在一起，阿陀斯圣山的入境签证就是这样盖上大印的……你的音乐也同样如此。它须得完整经历一年中四个季节，它在夏季和在秋季是不一样的。如果你想要进入它的神髓里，你就必须把我们演奏的这支四重奏的四个组成部分全都学会，你必须知道怎么使用这四种乐器，即使在四重奏当中你只演奏一种乐器。"

---

1. 普罗透斯（Protos）：出自希腊语，原意为"第一""首个"。

"难道音乐跟数学不一样吗？"作为回应，我向玛纳西亚·布库尔问道，"如果它对一种乐器适用，那么它对所有乐器也适用啊！"

就是这时候，我注意到一个仿佛是第十一片手指甲的东西正在他的鼻尖皮层下长出来；实际上那是一根食指，他让这根鼻头-指甲直直地指着我。

"也得考虑到构成数学的数字的本源。如果你用那样的方式来审视它，那么你同样也得考虑到构成音乐的元素的本源。就拿这件乐器——我演奏的这件——作为例子来说吧。这把小提琴。你知道它是用什么材料做的吗？"

接下来我算是获益匪浅了。

"首先，有木头。小提琴的琴身是用桧木做的，桧木的年头比砍伐它的人活的年头都要长久。琴的背板和侧板都是用枫木做的。琴的弦轴是由质柔味甘的樱桃木雕琢出来的，黑檀木的指板则是用胶黏合到琴颈上的。每把小提琴都有一个'灵魂'，它的女主人，一根支撑琴腹的小木柱，是用杉木做的。从最低音到最高音的音域取决于这根小支撑柱。所以，小提琴有一个女性的灵魂。琴弓是用长在迎风处的玫瑰桦树制作的，松香则来自针叶树。

"除了这些以植物为原料的部件，小提琴还有一些以动物为原料的部件。弓弦是用马尾巴毛做的，而在古时候（小提琴诞生之前）最好是用独角兽的尾巴毛来做。两根比较粗的琴弦是用搓成绳子的动物肠子做的，弱音器则是用骨头做成的，形状是一个骑小小牝马的袖珍骑手。安装在琴弓头上、固定马尾毛的楔子也是用骨头做的，有时候（据说，就帕格尼尼的小提琴而言）那是一块人的骨头。把系弦板像弹弓似的挂牢的底柱是用鹿骨做的，将乐器的各个部件黏合在一起的黏胶也是以动物为原料。据说，阿曼提[1]用的胶是从煮熟的喀迈拉的肉中提炼的，因为喀迈拉诞生于空气，所以它的胶就比较轻盈。琴弓手柄的两侧，镶嵌的是采自海贝壳的珍珠母片。珍珠母片一般都比木头微显凉爽，会让手指更容易扣在恰当的位置，因为无名指总是停在这颗珍珠母片做的嵌钮上。

"最后，有一些部件则属于世上的矿物质。两根比较细的琴弦是用铁做的，它们的琴桥，有时是用石头做的；螺母底部调节弓弦松紧的螺丝是用银子做的。除了这一切，此外还有烈火和文火，木头在上面弯曲，胶与清漆在上面熬制。清漆是一个单独的故事。它永远都是不一样的，每一位小提琴制作者在调配自己用的清漆时，都会守护他从他的神父那里继承来的慢与快的秘密。小

---

1. 现在最古老的小提琴诞生于意大利的克雷莫纳，1564年由一个叫安德里亚·阿曼提（Andrea Amati）的人制成。

提琴清漆中的这些快与慢的秘密保障了乐器的成功——只要这秘密是关于未来的。如果这些秘密是关于过去的，清漆就不会是好的……

"真谛是，"玛纳西亚结束他的故事，说道，"仅凭倾听就能分辨出哪块木头在夜里发出飒飒之声——松木还是枫木。你手里的乐器不会断绝与其原材料的联系，不会断绝与用来制造它的材料和技术的联系，即便是在用它演奏的时候；实际上，只有通过这种联系，音乐才获得了它的合理根据。手指并不是真的在演奏小提琴，而是通过小提琴与水、空气、火以及土这些基本元素建立联系，与这些基本元素的秘密建立联系；在不同的乐器中，这些元素以不同的方式相结合。"

自从我听了这个故事，时间已经过去了很久。正如人们所说，从那之后，管乐器对我的骨头进行了长期无情的冲洗和抽打，我也从未产生过把我们那支四重奏的其他三个部分学会的渴望。对我来说，玛纳西亚的故事似乎太复杂了，而且我也不相信它，就跟我不相信在耶稣受难日不打喷嚏的人就不会长寿一样。但是就算你自己不迷信，当一只黑猫从你前面横穿而过时你也不害怕，你却永远不会晓得那只黑猫是不是不迷信……

我就这样在四重奏里拉我的大提琴，用我的脚打着拍子，并由此掌握了数学之网中的音乐规律，尽管没去留意构成另外那四分之三节拍的数字的本源。当然，结果是万事美好如意：我在独奏会上演奏了我的部分，如同给一只手表上紧发条并咔嗒合上表盖一般地通过了考试，然后听从我的左手而非右手的召唤，永远放弃了音乐。

只有偶尔在热浪滚滚时，在亮光油融化并顺着人们脚上的鞋子往下淌时，在身体唯独感觉到汗涔涔衣服上的纽扣时，音乐似乎才会回到我的生活中。我自己回归音乐的情况只有过一次。

1934年，我们的大师舍甫契克去世了，那一年他的学生们在欧洲各地举办了纪念音乐会。我正在旅途中——我既看不清前方，也看不清身后；我对黎明心怀恐惧；与那些提供晚餐的小旅馆相比，我更喜欢提供早餐的小旅馆。失眠症早已控制了我。我用合上书本的办法捉苍蝇，在书页间可以发现我的许多牺牲品已被压碎并干枯了。尽管如此，一得到大师过世的消息，我便立刻动身前往布拉格，处理了我的一些日常业务，然后去了预定好的第一场音乐会。舍甫契克的一位学生，我不记得他名字了，正在演奏。

那是一场小提琴音乐会。演奏大师一头纯黑色的直发，就像他琴弓上的马尾毛。第一乐章是舒缓庄重的，这种舒缓足以让人定睛观察一本书从桌上掉落的过程，因为他能看清这本书的每一页散开掉落的经过。第二乐章是飘逸而缓慢的，如同栗树的叶子与它们的影子永生相伴一样。华彩乐段十分热烈；这位艺术家，没有人为他伴奏，这时摘掉了面具，我心想："此人若是在七月里呐喊，那你在八月份依然还能听到他的喊声。"最后是一段极快的收尾乐章，表现的是那种能用三种速度睡觉的人，那种他的梦境时而具有巨大引力时而具有异乎寻常他人易受他影响之速度的人……在我眼前的不是俄耳甫斯，那个用他的音乐迫使野兽、岩石、矿砂、树、火，还有松香、在贝壳里怒号的风，以及动物的内脏全都会来聆听他演奏的俄耳甫斯。这一位更强大——他迫使它们全都做出回应，让它们自己用他的乐器来发出声音，有如在一座圣坛上，跟它们一起在圣坛上祭献给音乐的不只是它们的子宫与骸骨，与此同时还有那个执行祭献的手……于是我回想起了玛纳西亚·布库尔和他的故事。

不过我得承认，从这个我正在听他演奏的戴黑色假发的艺术家身上，我是绝对认不出那是玛纳西亚·布库尔本人的。他在那些来听他演奏的人当中认出了我。音乐会过后，人们找到我，带我去见他。他戴着另一顶假发，假托另一个人的名字正在演出，但我发现那顶假发底下的面孔不怎么像他以往俊美的样子。一只眼睛已经溜到了他的头发后面，而另一只则不知道前者在何处，不过这两只眼睛眨动的样子却一如既往：右眼每眨一下，左眼就会眨两下。

"我不能再站着了。咱们去找个地方坐下喝杯啤酒吧。"我对他说。

"你不能再站着了吗？我也不能再躺着了，我的朋友。"他答道，"我们在生活中有过太多的无所事事，真是可怕！漫长无尽的时间啊！我再也不能这样下去了，我已经受够了。我绝不会再躺下了……"

我们沿着大街走去,那天晚上为了不让交通打扰到大礼堂内的听众,街上铺满了稻草。然后,我们一如往常那样坐下来,点了啤酒。

"我需要你。"他刚落座就说道。我注意到他的手指甲没有再涂亮光油。

"为什么?你知道我不再演奏了。"

"我知道。这正是原因所在。我需要你当下的职业,而不是你以往的职业。"

这些话让我吃惊而震撼。当我答应拿我的买卖来相助后,他才告诉我困扰他的是什么事。而且听了他的讲述,我才知道,我很久以前就比他更了解那个故事。不过那个故事的有些内容倒确实让我感到震惊。我发现多年以来他一直在探索构建一部全新的四重奏的乐段。这部新的四重奏和他为找到它所付出的努力,让他变成了一个疯子,并使他完全悖离了音乐。因为音乐绝不是这种样子，尽管这部四重奏显然是可以辨别的。我跷起右腿坐着，听了他的自白，这段自白可以说是：

哥哥与妹妹的故事

你知道，我有个妹妹，叫海洛尼雅；你记得她很漂亮——一只眼睛属于白天，另一只眼睛属于黑夜，她还知道世界上美比爱多。海洛出生在1910年，之后没过几个星期，在没有人记得甚至连她自己也不记得的一天早上，她开始了死，并不知不觉持续死了一二十年，直到最近某一天，她的死终于停止了。也许海洛的这种死实际上开始得要早许多，在她还未出生之前就开始了，而且可能在她出生之前就已经延续了数个世纪，直至它达到一个终结，以一种我们后面会谈到的方式。而我呢，在一个没有人注意的夜晚，在我本人也没法将它与我生命中的其他夜晚区分开来的那个夜晚，我却全然不知不觉地开始了爱。我爱的不是某个女人，也不是我的母亲，或是我的兄弟姐妹——确切地说，当时我只有几岁。不管怎样，我开始了泛泛的爱，尽管有所准备，却毅然决然，就像一条驶向汪洋大海永不回还的客船。随后，在我的爱之中，在我的客船上，我命中注定的形形色色的旅伴开始上来下去，与我一起分享片刻的同一股水波的冲刷、同一阵潮汐的退落，还有太阳和风。那些登上我的客船的人之中就有我的妹妹海洛尼雅，只是在这条船上她有着一个特殊的位置。不是在舰桥，不，不是那儿，而是在最漂亮的椅子上。我船上的这把最漂亮的椅子似乎更适合她，而不是别人。实际上，可能只有海洛尼雅坐到上面，这把椅子才会成为甲板上最漂亮的一个座位。这事发生时她才十五岁，而且她也不再当着别人的面吃东西。从那时起，我自己从未见过她吃午餐或者晚餐。在家里大伙私下议论她不跟别人吃一样的食物。她在教堂里画十字快得如同抓苍蝇，据说她吃饭也一样是急匆匆的。她仍是个两腿干瘦的小孩，身体里面却有着一个老人、有着一个古老的灵魂，一个强行适应她身体的灵魂，就像是在适应一个新的、稚嫩的神，这个神自己还听不懂祈祷者向他倾诉的语言，自己都还在学习如何说话……我总是有一种印象，我周围的所有女人可以分成厨师、服务员，或者护士；还是小孩子的时候，我就有正当理由获知我妹妹海洛尼雅是属于后面这种类型。奄奄一息的生命在她身上激发出上千种无法抑制的不得体行为，怀着垂死生命的暴戾与笨拙，以及惶恐不安的关怀，她（因为总是徒劳无益地试图帮助它们）让我们大部分宠物在生命的最后时光过得悲惨不堪……当它们在她怀里死去时，因为她那慌慌张张的、试图让它们活下去的努力，如同死亡一样搞得她精疲力竭，她会默默地背过身去，说："我感觉我就像是星期三。我总是姗姗来迟，但我总是在星期二之后到来。"

海洛尼雅在贝尔格莱德学化学，在她戴着鱼皮帽到布拉格这里来继续她的学业时，我们在老城区的一条狭窄、幽深的街上租了一套公寓。那是一套带阁楼的公寓，从天花板上用链条和绞盘吊下来一把木梯可以坐上去。那会儿我是个年轻小伙子，就像人们所说的，有如一股山间溪水既清又浅。我不再消耗我从音乐中获得的精神力量，尽管我依然得靠音乐来维持我的日常生计。我内心变得很沉重，因为多余的精神脂肪越积越多，就像一个人他不用消耗从食物获得的能量而增加体重。海洛在阳台上摆了一盆芦荟，"魔鬼舔过"它，所以它那带刺的叶片边缘都是白色的。她从贝尔格莱德带来这盆芦荟，她还在房间里摆了一面正对着它的镜子，好让她在梳头时可以看见这盆植物。有一天，她从镜子里发现住在街对面同一楼层的一名年轻中尉正在梳头发剃胡须。这名

中尉的窗户紧邻我们的阳台，他不用离开他的房间就能从海洛的镜子里看清他自己，于是他就照着海洛的镜子用他的佩剑刮脸。令人吃惊的是，中尉在用他的军官佩剑刮脸并用佩剑上的金色流苏往脸上涂肥皂泡时，动作非常娴熟。一根燃着的火柴都能从对面扔到我这边，中尉和我在晚上笑声不绝并相互给对方点烟斗就是这样开始的。

"小心，千万不要用一个火苗去点第二根蜡烛或第三只烟斗。"我们的新相识诚心诚意地对我们说。

中尉名叫杨·科巴拉，在他和我妹妹之间逐渐发展出一种东西，我只能称之为"嗅一嗅"。然而，时间从来不会定在一条腿上不动。事态在演进。每天晚上，他会正好在海洛熄灯时点亮他的灯。我坐在阳台上抽我的烟斗，时不时地举起我的帽子，把烟赶进帽兜。我观察着，在街的另一边，杨·科巴拉如何脱下他的靴子，一只扔到房间一角，另一只扔到房间另一角，观察他怎样只用牙齿叼住酒瓶喝酒，怎样用他的佩剑把桌上放的烤鸡的鸡腿切下。这之后他躺到床上，啃完鸡腿，瞄准房间角落的一只靴子，将骨头直接抛进去。随后他脱掉衬衣，与此同时房门缓缓打开，月光涌入房间，穿过月光走进房去的是我妹妹，海洛。她仿佛看不见似的紧盯着中尉，走到他跟前，朝他俯下身；中尉则用他的舌头解开她的短衫。接着，海洛朝我坐着抽烟的阳台这边瞟了一眼，啐灭蜡烛，然后就，一边用头发急速荡漾着月光，一边绕过中尉躺在上面的床，缓缓地，如同雪花飘向大地那样，毫不退缩地，扑向她的猎物……

有时候，尽管我的帽子和头发上烟雾缭绕，我会起身到音乐学院去练琴，或是去一家被啤酒弄得黏糊糊的小酒馆，或是去观看犹太人掩埋书籍，然而我内心却有什么东西翻腾不已，我感到我肉疣上的须毛长得比它周围的更加快速，我觉得自己必须改变。确实，我是在开始改变，而且是坚持不懈地做着改变。

有一天下午，我妹妹露面的时候双眼像熟透的水果，两只手遗忘在她的皮手笼里。杨·科巴拉中尉再也不打开他的房门了。他正在房间里接待另一个情人。海洛什么也不说；我像往常一样坐着，边抽烟边等待。终于到了她熄灭她房里的灯而他亮起他房里的灯的时候。我从阳台上望着他脱下靴子，丢掉皮带，只用牙齿咬着酒瓶灌下酒，用他的佩剑切下鸡腿，然后躺在床上啃着。寒意顺着我的脊梁往下滑，我背后的发束松开了，我的衬衫窸窣作响。我用大拇指掐灭烟斗，让新鲜的烟味留在余烬上。我悄悄站起身，来到下面的街上，穿过街道，上楼走向科巴拉的公寓。我推开房门；月光涌入房间，穿过月光我也走了进去。我像看不见似的死死盯着他，朝他走过去，向他俯下身；他就用他的舌头解开我的裤子。接着我朝我们的阳台上瞥了一眼，海洛正坐在那里，我啐灭蜡烛，跟杨·科巴拉躺在了一起。因为他现在每到夜晚期盼的人是我，不是海洛。

有一天，海洛一大早就起了床，用一种让她感觉春天来临的方式把她的头发编成了辫子。她有各种各样互不相同的梳发方式：当她把一根丝带和头发编在一起时，她会感到仿佛夏天已经来临；当她把头发梳成一根辫子时，她会产生春天到来的感觉。那一天，她把头发在脖子后面梳成一条发辫，一大早就离开了房间。我从此再也没有见过她。我被告知海洛已经自杀了。就在当天的十二点零五分，她死于自己在实验室引发的一场爆炸。这样一来，我就再也没有机会去追问她，她为什么要走那样的极端，是因为杨·科巴拉，还是因为我。他们甚至不让我看一眼她在棺材里的样子。

从那时起，我随身佩戴的怀表就停在了她死亡的那个时间；它永远显示着十二点零五分，并每天以它自身可怕的精确穿过那个时刻。究竟是谁的不忠行为——中尉的还是我的，将她推向了死亡呢？对我来说这个可怕的疑问已经变成了生或死的问题。

当然，我立刻就断绝了与杨·科巴拉的关系。他销声匿迹，踪影全无；而我从那时起一直四处漫游，形影相吊。我更名换姓，戴上假发，开始在吉卜赛人的婚礼上演奏，用我习惯了的方式配着红醋和山葵领圣餐；唯一能给我带来安慰的是解析三角学方面的问题。那句关于四只眼睛的谚语浮现在我的脑海，我正试着重新理解它的含义。我曾无数次推算过海洛那清澈眼眸的深度，我牢记着这个神奇的数字，还在夜里背诵它。我已经开始观察我所遇到的人的眼眸深度，期望着会发生奇迹，期望着会出现同样颜色与深度的眼睛，从那样的眼睛中我也许能得到我那问题的答案，这个答案我永远都不会从我妹妹那里得到了。另外还有一件事，我已经认识到，正像乐器有阳性和阴性的，那独一无二的优秀四重奏也是用阴阳乐器混合着演奏出来的，所以每个人的脸上都有一只阳性的眼睛和一只阴性的眼睛。只要照照镜子，你就会发现很容易分辨出你两只眼睛哪个是阳性的，哪个是阴性的。海洛左眼是阳性的，是它导致了她的死亡。她阴性的右眼却试图让她活下去。这一点也必须考虑到……不过咱们还是言归正题吧！

一位名叫阿尔弗莱德·韦耶兹彼茨基医生的绅士引起了我的注意，当时我正待在克拉科夫，在那儿演奏。他过去经常造访我们父亲的家，在海洛和我都还是孩子的时候就已经认识了我们。他邀我到他家里去演奏，我也就有机会去做一些观察，并得出一个结论：跟他在一起，一定得小心谨慎。这位医生眼睛的深度与颜色，和我已故妹妹的眼睛一模一样。一只眼里是白天，另一只

眼里是黑夜。或许可以期待从他那里得到我关于海洛的

那个问题的答案，得到对我和杨·科巴拉之间的行为的

评价。很长一段时间里，我都在跟踪韦耶兹彼茨基，一

个诚恳和蔼的伙计，沉默得好似一本书，还总捂着耳朵，

但什么事也没有发生。他任由一只手上的指甲生长在另

一只手的指甲下面，文质彬彬地保持着沉默。尽管如此，

现在我正准备回波兰去，我在那里有场音乐会安排在这

位医生的一个亲戚家里开。假如我要利用这个机会从韦

耶兹彼茨基那儿知道一些事，我就得需要你的帮助，所

以我希望你和我一道去旅行——说真的，这趟旅程对你

来说应该是愉快的，除非你不想跟我一起旅行。

　　玛纳西亚·布库尔就这样结束了他的故事。虽然他

立刻为他所期望的、我的职业将会提供的帮助付了报酬，

但我们直到1937年才动身前往波兰。我那位朋友的心情可谓不赖。他有种奇怪的预感；他把我的帽子戴在他的上面，一如在我们的学生时代；到了华沙，他把我介绍给阿尔弗莱德·韦耶兹彼茨基医生。我们在医生办公室里坐下，喝着波兰伏特加；医生抽着烟斗，对我们造访的真实意图丝毫没有概念。的确，谁能猜到我们心里正滋生着荒唐的希望，就是通过他的帮助，通过一个眼睛长得跟海洛相似的人的帮助，我们莫不是要为我的朋友玛纳西亚·布库尔把四只眼睛都打开？当然所有这一切，原本可以视作是我朋友的异想天开，尽管我们旅行并在波兰逗留的真正目的、真实意图，据我猜想并期望的，是去参加医生亲戚的庄园里筹备的音乐会。不过，针对后面这种假设，会有人提出异议。这异议就是我。如果音乐会是这趟旅行的目的，那究竟为什么整件事当中必须有我呢？

　　我们的东道主特别寡言少语，他两片嘴唇因为沉默都粘在一起了，每当他吐出一个字，他的嘴唇就像熟透的罂粟壳似的发出爆裂之声。我们乘他的轿车穿行在暮色中，我试图睡一觉。韦耶兹彼茨基停止了驾驶；我们就下了车，他想让我们看点东西。天已转黑，但他让我们看的东西却是清晰可见，他还朝那边吹着从他烟斗里冒出来的银灰色的烟。在我们前方是一道气候分界线。一条笔直的界线穿过人眼可及的旷野，标示出雪和草下面干地之间的边界。有一会儿工夫，我们站在干地上就像待在一间屋子里，随后又走进了暴风雪。我们立刻就看到了城堡。城堡大门的两侧各亮着一盏提灯，照出飘扬的大雪，照出灯光一边的漆黑与另一边的雪白。

　　不久，我们就发觉自己置身在一间有人手形门把手的客厅里。玛纳西亚把他的小提琴放到钢琴上，我朝钢琴走去，注意到琴盖上有一卷书。与此同时，我们的女主人进来了，先是跟一只门把手握了手，然后也和我们握了握手。

她的裙子摩擦着她的长袜，窸窣直响，搅得我心神不宁。她云鬓高绾，令耳朵、脖颈与脸一样袒露无遮。那天晚上，她教会我在冬天把食物放进餐盘之前，要往盘子里撒盐，因为撒上两次盐会让我们保持双倍的温暖。我们身后的双扇门打开了，在旁边大厅里我们看到一张为四人准备的餐桌。餐桌上的两把三叉枝形大烛台的烛光明亮得出乎人们的意料；我注意到面向室外的窗户半开半掩着，所以人们会看到双倍的烛台影子——不是六条，而是十二条火舌在窗玻璃后面大雪纷飞的夜幕中燃烧。那片光影里，我们座椅的曲线在熠熠闪烁，仿佛它们都上过蜡似的。

我们的女主人吃了第一口，并说道"请多吃点[1]"，

———————————

1. 原文是法语，"Bon appétit"。

然后看了看韦耶兹彼茨基医生；我发觉自己看见他偷偷
示意她要保持安静。

"啊，我善良的天使，你把我彻底抛弃了吗？"她出
人意料地用法语对我说道。我诧异地望着她，因为直到
此刻，直到她说出这些话之前，我们这两个毫无共同之
处的人的关系尚未超出半点合乎礼节的范围。对此，韦
耶兹彼茨基医生，眼睛盯着他的汤勺，用法语补充了一
句更不可思议的话；他对玛纳西亚·布库尔说："我在等
你，因为我知道你的思考不会持续长久，更不用说你的
悔恨了！"

有一瞬间，我觉得韦耶兹彼茨基医生的眼睛看上去
像极了海洛的眼睛——一只眼里面是白天，另一只里面
是黑夜——我还发现我们的女主人已结束以通常的方式
来跟我们进行交流，在这片（对我们而言）异域的土地
上，他们突然取下他们的面具，彻底摊牌了。玛纳西亚

如同被涂过琴弓专用的松脂，面色灰白，并不安地绞扭着双手。我对未来肤浅的预感挽救了我。我让眼睛盯着汤勺。那是一把银质汤勺，我用过它。我们喝的汤羹是用一件形似琉特琴的陶盘来烹制的，可以把它放在明火上面摇摆，这样沉渣就会留在这件不对称器皿的底部，而不会分散到汤里。接着，一份滚烫的、几乎凝固的酱汁端了上来，特别酸涩，用盛在一只鹿角里的细盐调了下味儿。有一会儿，我们感到既恶心，又焦灼不安，韦耶兹彼茨基医生眼睛里还闪烁着一股火花。我清楚地看到，他的右眼是女性的，左眼是男性的。我们改用餐叉的时候，他又一次用法语开口了，仿佛要重续一段被打断的对话似的，直视着玛纳西亚说道："亲爱的，我觉得，那是一种卑鄙的、不明智的行事方式！"他嘴唇像烤栗子一般发出爆裂之声。

我抓起餐叉，紧攥在手里，知道已经有事情发生了。

我的朋友玛纳西亚·布库尔关于他妹妹——海洛——这个问题的答案，已经在这儿、在韦耶兹彼茨基医生和他情人的餐桌上给出了。仿佛是海洛使用了韦耶兹彼茨基医生的嘴巴，因为没有任何其他的可能性。

闻听此言，玛纳西亚像个疯子似的跳了起来，然后在我们惊愕万分的注视下，冲出了房间……过了一分钟，我们听见前门有响声。刚开始，我想追出去拦住他，因为我知道他想要干什么。但有什么东西阻止了我那样去做。当然并非因为我们善良的主人们安慰我，说玛纳西亚一旦在暴风雪中走累了就会立刻回来的。阻止我那样做的原因是我坚信：如果有一个办法救得了玛纳西亚，那就是由我来揭开这些人所在的这间屋子的秘密，在这里所发生的每件事都是那么不可思议，在这里那些致命的话被说了出来，也是在这里餐桌上的谈话从一开始就是致命的，搞得我几乎没法相信我自己的耳朵。所以我留下来，一边掩饰自己的惶恐，一边望着搁在钢琴上的玛纳西亚的小提琴。

除了一种铁锈色的葡萄酒，另一种松香味的、盛在一只小巧网格纹银质壶里的酒也斟了上来。我被告知，正是搀了这种酒，前面那种葡萄酒在五年前就变了颜色。

"你知道，"韦耶兹彼茨基医生告诉我，"据说鱼如是来自从南向北流的河里，就会比来自相反流向的河的肉质更好。一瓶拔掉木塞的红葡萄酒给缝在我们正在吃的这条鱼的肚子里，在火上红葡萄酒挥发到了鱼肉里……"

韦耶兹彼茨基这次讲的是波兰语，他说的话里没有任何不正常的东西；但我注意到，他们两个不知何故都再次用奇怪的眼神看着我，还一边转动着手中酒杯的细长腿。我呢，如同做了场梦一般，这也许得感谢饭间伴随这段缓慢行板所进行的比较沉闷的轻声交流，我发现自己已经吃了一个小时，却丝毫没有注意他们让我吃的都是什么。这些菜肴任何一种我以前都未尝过。现在把三文鱼从鱼背一侧上整整齐齐地割下来，卷成卷，"眼对着眼"炙烤，肉冲着用玫瑰桦木烧的火。随后给我们端上了鹿肉，那是从一头在月光下捕到并在冰天雪地冻了一夜的鹿身上割下来的，又冷又黑，肉多的部位用鹿肠捆扎，骨头顶端缠着厚厚一圈马毛，这样肉就可以轻而易举送进嘴里，而不会从谁的手上滑脱。和鹿肉一起端来的是一种酸樱桃做的调味酱，散发着浓郁的混合型芳香。我们感到了忧伤；我们的银餐叉慢慢刺进鹿肉，直至触到骨头；我们的餐刀在鹿肉里碰到餐叉的齿，缓缓感受着它们抽出……我坐着，我吃着，我等待着。此后发生的每件事对我来说都似乎格外迟缓而漫长，不过说实话，秘密揭示之前过去的时间最多也就只有几分钟。

餐桌上摆着混合的植物、陆地上的汁液、海洋里的果实、矿物、银器、火，以及肉。最赏心悦目的一样东西是一种糕点，里面塞着贝类海鲜，用干山葵火而不是用木头火烘焙而成。这就像是那个看不见的、给我们提供食物的大师已经通过海贝壳说了话；我猜想，他该是如何在一生中始终烹制同一道菜、同一道永不变样的菜，这道菜，如果他成功完成了它，那他就永远不会回头重做，因为这道菜还没有完成，也不会完成……于是我很想见见他。

"这间屋里的第四个人是谁？"我对我的主人们问道。

"总算来了！"韦耶兹彼茨基如释重负般地叫道，并打了个手势。一位小巧玲珑的男子，衬衣扣到脖子处，头戴一顶巨大的白帽子，出现在烛光里。从大帽子下向外看的是两只习惯了火与水的灰眼睛；布满桀骜不驯的汗毛的手背上鼓起一道道字母一样的蓝色静脉血管。他面含微笑朝我们鞠躬，那微笑因为他脸上的一道皱纹而被缩短。看上去，他像是在代替玛纳西亚·布库尔鞠躬，布库尔的小提琴静默地留在了钢琴上面。

"你从未跟我们讲过，"韦耶兹彼茨基医生对厨师说，"你这门艺术是怎么获得成功的。"

"其实并无奥秘可言。"小巧玲珑的男子回答道，"烹调艺术取决于手指的灵巧。要保持手指的灵活，你每天至少得操练三个小时。就像一名乐师……"

确实，这位小巧玲珑的男子那天用手拿过的材料和玛纳西亚放在那儿的乐器的原材料是一样的。银和矿砂，动物的肠子和骨头，木料，海贝，矿物以及马毛……全都在他手上给绷紧拉抻过，一如它们在那只乐器上的状态。如今，在音乐早已离我而去的情况下，他却通过一种不同的方式把同样的东西给触发了，给了我一次新的机会，让我再次不会变得彻底脱离音乐。

这不是一道菜，这是一首献给世界的赞美诗，是献给世界上的群山和平原，献给世界上的河流、风、火、植物的赞美诗，是献给世界上的疯狂游戏，以及能杀死生命并用死亡滋养生命的人类之手所拥有的技能的赞美诗。

时值隆冬季节，除了咖啡和糕点被快速端进那间小巧玲珑、上了亮漆、饰以珍珠母片和象牙的中国式客厅，端上来的还有西瓜；这西瓜给刷过白石灰，放进木头箱并用小麦灌满了缝隙，好让它可以保存到十一月份。它散发着杜松木板的味道，而且忽然间，这味道仿佛也成了乐器的味道，我感到我现在可以演奏那部久被遗忘的四重奏的第二部分了，也就是我朋友玛纳西亚·布库尔的小提琴那部分了。然而一切都来不及了。我那部四重奏剩下那两个部分是永远无法企及的，谁能说得清它们在哪儿；我知道那枚印章的四个部分——三个阳性部分和一个阴性部分——永远不会用红绳缠在一起为我前往阿陀斯圣山的签证盖章。对我来说，事情就是如此……但对于布库尔，一切都还没有得到解释，这也正是我要等待的。

我的毅力随后达到了极限，变成无尽的疲劳，仿佛我有生以来一直在数天上的云彩和我口腔里的骨头。凭着最后一点力量，我加入了随着我们伸手去拿冰淇淋汤匙而重新开始的那场谈话。

"我建议你过来，到我的房里过夜。"女主人对我说，用的又是法语，一边玩弄着她的银汤匙。

我惊呆了。韦耶兹彼茨基医生坐在那里吃吃而笑，而我总算把汤匙翻转过来，并快速地用法语回应道："什么？在耶稣受难日吗？"

我的主人们随即大笑起来。真的，所有的事终于真相大白了。用餐过程中，他们其实并不是在跟我们讲话，恰恰相反，而是玩了一场他们心知肚明我们却不明白的游戏：他们一直在念他们银餐具上的铭文。现在我也这样做了，因为我想起了我们用的餐叉餐刀银手柄上的铭文出自何处。

铭文都来自杨·波托茨基[1]作品中的对话；他的《萨拉戈萨手稿》中的大部分对话曾被镌刻在一套总计有一百来件的奢侈的银餐具上。当然，在这些摘自波托茨基作品并镌刻于餐叉餐刀以及银餐巾套环上的字句当中，就有被玛纳西亚和我理解成关于他的问题的神奇答案的那句话。这个答案，他曾那么迫切地期望从他的妹妹海洛那里获得：

"我觉得，亲爱的，那是一种见不得人的、不明智的

---

1. 杨·波托茨基（Jan Potocki，1761—1815）：波兰贵族，工程兵上尉、人种学家、语言学家、埃及古物学家、旅行家、冒险家、作家。最著名的作品是奇幻历史小说《萨拉戈萨手稿》，波兰导演沃依切奇·杰兹·哈斯曾于1965年将它搬上银幕。

行事方式！"

我即刻离开了，因为我知道，布库尔正在某个地方念叨着这句话行将死去，只有把银餐具的真相揭露给他，我才能挽救他。我顶着可怕的暴风雪赶到华沙时，天已经很晚了。但更要命的是，等我赶到我们住的旅店时，已经来不及为他的生命做任何事了。玛纳西亚·布库尔躺在床上；他手中的蜡烛已经燃烧了一半，侍者交给我一封布库尔写的短信：

> 我正由于我自己的自由意志和快乐而死去，因为我已得到我人生问题的答案。我现在知道，她那样做是因为我，而非因为杨·科巴拉。"我觉得，亲爱的，"她对我说，而且你也听到了，"那是一种见不得人的、不明智的行事方式！"海洛曾选择杨来折磨我，正如我选择他去折磨她一样，而且不是因为他。

不管是她还是我，根本没有把科巴拉当回事儿！海洛
之死是因为想到触摸终究是可能的啊！

又：感谢你要做的工作。吻你柔软的手指。

我把信放在床边地板上，把装着我做糟糕生意时使
用的袋子和工具的那个沉甸甸的箱子压在上面。我俯身
在棺材上，触了触他的脸。我把他的左眼摆正（对他而
言，那是阳性之眼），抚平另一只眼睛——阴性之眼——
周围的皱纹，在他活着的时候，这只眼睛眨眼的次数一
直是左眼的双倍，而且比左眼更显衰老疲惫。我把他的
五官整得看上去跟它们过去一样漂亮。随后，我给他涂
了一种灰色的混合药剂，并给他戴上了死亡面具……

遗憾的是，这世上神秘的事物并不存在。这个世界
不是充满了奥秘；它只是到处都有嗡嗡响的耳朵。这整
个故事倒是能配得上鞭子的噼啪声响！除了那些跟我有
生意来往的人，譬如说吧，他们会比其他芸芸众生了解

得多一点点。

等着那层药剂变干的时候，我想了想海洛和我这位不幸的朋友。必须讲明白的是，我早就知道海洛并没有自杀，反而是被谋杀了。她是由于嫉妒心突然发作或某种别的疯狂而被杨·科巴拉中尉给谋害了。于是，就出现了这个故事中对海洛的哥哥始终小心翼翼隐瞒着的那个环节，因为它真的会伤害到他。杨·科巴拉在他的寓所里把海洛被切下的头保留了三天，然后才去向军事当局投案自首，后者始终没有向公众透露这个情况。

据这位精神失常的中尉交代，第三天黄昏即将来临时，海洛的头颅发出一声男性才有的、深沉而骇人的喊叫。

"海洛与勒安得耳"的神话起源

海洛是阿佛洛狄特的女祭司，她住在达达尼尔海峡最狭窄处的塞斯托斯的一个灯塔里。海峡另一端的阿比多斯，住着一位名叫勒安得耳的青年。有一次在阿佛洛狄特的生日庆典上，勒安得耳对海洛一见钟情，他的英俊也让海洛着迷。有碍于海洛的神职身份，也为了不被旁人打扰，勒安得耳每天游过海峡来与海洛相见，海洛每天点着灯给他指引方向。温暖快乐的夏秋季节很快过去，严冬来临。一个雷雨交加的夜晚，海洛抑制不住对勒安得耳的思念，再次亮起灯塔召唤他前来。这一次，爱情没能抵挡住狂风巨浪的侵袭，海洛的灯被风吹灭。勒安得耳迷失了方向，在巨浪翻滚的海峡中溺水身亡。等待良久却不见爱人身影的海洛彻夜难眠，在清晨发现了被海浪推挤冲刷的勒安得耳的尸体，海洛悲痛欲绝，从灯塔跳下，殉情而死。

海洛与勒安得耳的爱情深深打动了人们的心，于是就用这对情侣的名字"海洛与勒安得耳"来形容"同生共死的痴情爱侣"。

1810 年 5 月，为了追溯勒安得耳的旅程，英国诗人拜伦曾从塞斯托斯游到阿比多斯，全程耗时一个多小时（又有人说是四小时）。虽然两地之间直线距离不到 1 英里，但黑海注入地中海时带来的海流可让该段游程延长至 3.5 英里。现在两地每年都会举办游泳活动。

文艺作品中的"海洛与勒安得耳"

古希腊诗人穆赛欧斯的诗集《海洛与勒安得耳》,
1949 年金鸡出版社铜版画限量插图本,
约翰·勃克兰·赖特插图, F. L. 卢卡斯翻译

希腊人穆赛欧斯诗集《海洛与勒安得耳》的
六幅内文铜版画插图，赖特绘制

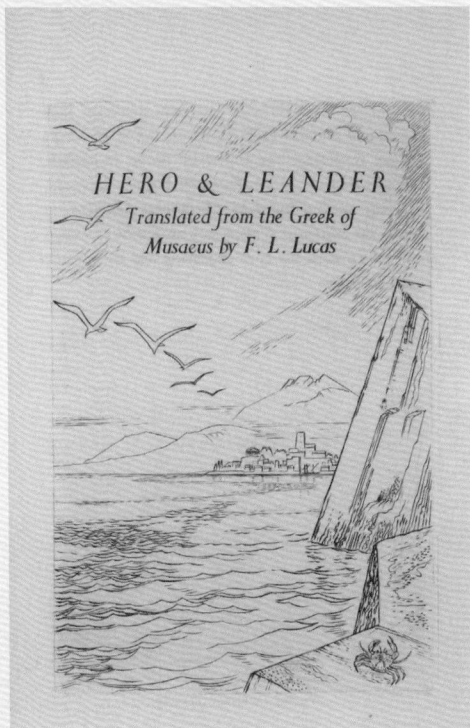

HERO & LEANDER

Translated from the Greek of
Musaeus by F. L. Lucas

1

2

3

4

风的内侧，

或

关于海洛与勒安得耳的小说

[塞尔维亚] 米洛拉德·帕维奇 著　　曹元勇 译

上海译文出版社

他是某种东西的一半，某种东西那强大、漂亮、富有天赋的一半，或许，甚至要比他本人更强大、更了不起、更漂亮。因此，他是某种壮观而高深莫测之物富有魔力的那一半。她则是一个非常完整的整体。一个娇小、没有方向感、既不十分强壮也不特别和谐的完整之物，然而毕竟是完整之物。

【勒安得耳版】

1

　　"一切未来都具有一种伟大品质：它们永远不会是你想象中的样子。"父亲对勒安得耳说。

　　当时，勒安得耳还不是一个发育成熟的男人，他还是一个大字不识的文盲，但长得非常俊美；他还不叫勒安得耳，可是他母亲把他的头发编成荷兰蕾丝花边的样子，好让他在旅途中不用梳头。送他启程时，他父亲说："他的脖子又长又漂亮，跟天鹅的脖子一样；愿天主保佑，别让他死在马刀之下。"

勒安得耳终其一生都会记得这些话。

勒安得耳所属的契奥里奇家族中的每个人，除了他父亲，世世代代都是石匠、铁匠，或养蜂人。契奥里奇家族是从黑塞哥维那的一个地区迁徙到贝尔格莱德脚下的多瑙河畔的。在黑塞哥维那的那个地区，人们未学字母表之前就学会了在教堂里唱赞美诗，从那里的屋顶流下的雨水会注入两个海：一边的雨水流向西方，汇入内雷特瓦河，注入亚得里亚海；另一边的雨水流向东方，沿着德里纳河汇入萨瓦河，再沿着多瑙河注入黑海。契奥里奇家族中唯一的叛逆者就是勒安得耳的父亲，他甚至拒绝听到造房子的事。

"当我外出游荡到维也纳或布达时，置身于人们在能造房子的所有地方毫不留情地造的房子之间，我立刻迷失了方向；只有当我出现在多瑙河畔时，河里的梭鱼正处在二月份它们最愚笨的季节，我才知道我身在何处，

以及我是谁。"

不过，契奥里奇一家人从来不知道他们的父亲在哪儿、是何等样人，也不知道他们是靠什么生活。父亲告诉家人的唯一一件事是他们靠水和死亡生活，因为人总是以死亡为生的。的确，勒安得耳的父亲总是在深夜回到家中，浑身被多瑙河或萨瓦河的河水弄得湿漉漉的；他们很容易分辨出水是哪条河的，因为每条河都有自己的臭味。另外，因为他浑身湿透，午夜时分他会打十次喷嚏，就像在计数一样。

勒安得耳童年时代还有过拉达察和米尔科这些名字，从小时候起，他一直被教导要以他的爷爷辈和叔叔伯伯们为榜样，继续从事家族的石匠行当。他精通盖房子和凿大理石；他知道如何协助掩埋圣像，并拥有一种天生的才能，会用绘画装饰蜂箱，或者轻松快捷地捕获大群蜜蜂。逢到燠热难熬的炎夏，要是有人必须得跑二十颗

枪弹射程的距离，到黑塞哥维那的河里抓鱼，他们就会派勒安得耳去；他独自一人就能设法抓到鱼，往鱼肚里塞上荨麻，在鱼变质发臭前把它带回家。后来，在一次远行中，他看到（并会终生难忘）：为了纪念专制君主杜尔德·布兰科维奇[1]，人们怎样通过接力传递，把用多瑙河河水揉捏的并在斯梅代雷沃[2]的圣母教堂受过祝福的面包一路送去阿瓦拉山[3]。整个过程相当快，面包从多瑙河畔送到君主餐桌上时仍然热腾腾的；在那里面包被趁热撕开，和产自茨赫诺沃[4]地下的盐一起分发给餐桌上的宾客们。

"咱们都是干建筑的，"契奥里奇祖父一度经常在晚餐

---

1. 杜尔德·伏科维奇·布兰科维奇（Djurdje Vukovic Brankovich，1377—1456），塞尔维亚中世纪最后一位统治者，在位时间是1427至1456年，斯梅代雷沃城堡的建造者。
2. 斯梅代雷沃（Smederevo），位于摩拉瓦河与多瑙河交汇处，15世纪中叶曾是塞尔维亚首府。
3. 阿瓦拉山（Mount Avala），贝尔格莱德南面的一座山。
4. 茨赫诺沃（Zrnovo），克罗地亚科尔丘拉岛上的一个村庄，濒临亚得里亚海。

时对勒安得耳说，"但上苍赐给咱们建筑用的大理石却非同一般：时辰、日子和岁月，并以睡眠和葡萄酒作泥浆。我们都是时间的建筑工，我们驱散阴影，用我们的肚脐来盛水；每个人都是用时辰筑造他的房屋，每个人都是用时间修建他的蜂房、采集他的蜂蜜，我们用风箱给我们的炉火送上时间。正像金币和铜币会混在同一只装钱的荷包里，白羊和黑羊会混在同一个羊群里，我们的白色大理石和黑色大理石也是混合着用于建筑的。谁的铜币在他的荷包里吞没了金币，或者谁的夜晚吞噬了白昼，愿他遭殃罹祸。他会不合时宜、不切实际地建造……"

听着这些话，勒安得耳想到的从来不是明天，而是后天；他惊讶地注意到，每当他吃完三勺蚕豆，他父亲才舀了一勺吃下。在他们家里，每人总共有几勺蚕豆是预先定好的，他们用餐时谁也不曾超出分配给他或她的饭量；但是吃掉同样分量的饭菜，勒安得耳所用的时间却只有其他

每个人的三分之一。渐渐地，他甚至注意到动物当中哪些吃得比较快，哪些吃得比较慢，哪些动作迅捷，哪些动作缓慢；他还一点一点地辨认出他周围的世界上生命的两种不同节奏，血液或植物汁液的两种不规则的脉动，在相同的昼与夜的时间范围里饱足的两类生物；白昼或黑夜持续的时间长短，对任何生物来说都是相同的，因此也就对一些人有所限制，对其他人则充足地酬赏。另外，他不甚情愿地开始觉得，无法容忍那些脉搏跳动得与他自己不一样的人、动物，以及植物。他会谛听鸟鸣，分辨哪些鸟儿的唱歌节奏跟他的一样。一天早上，在他父亲用水罐喝水的时候，他一边等着用水罐，一边计数着父亲喝了几大口，一边意识到这该是他离开父亲这个家的时候了。他忽然想到，父亲已经把那么多的爱与知识赋予他和他的兄弟们，这些爱与知识足以让他在余生中温暖并养活自己，何况也再无必要去积累一份明显是属于未来某个时间段的爱——

那时候，不仅勒安得耳自己（这份爱的对象和消费者）已不再活在人世，父亲的爱也会随风而逝，无可奈何地越过它的目标。

勒安得耳离家远行是在下面这种情况下发生的。他会弹萨恩蒂尔琴[1]，节假日听他弹琴听得高兴的人们，经常会把铜币投进他的乐器。当时，萨瓦河码头上住着四位上年纪的商人，他们弹奏萨恩蒂尔琴的技术远近闻名。其中一位商人不巧在路上得了病，所以这个乐队需要补充一位琴手才能表演。一天早上——那天早上父亲契奥里奇刚好打算要教儿子写字，而且刚给儿子看了要学的第一个字，字母 θ，也就是 Θεοτόκος [2]（上帝之母）这个词的开头字母——他们家来了一位客人。勒安得耳的笔甚至还没有蘸好墨水，年纪最大的那位商人就已经走进契奥里奇家中，

---

1. 萨恩蒂尔琴（Santir），一种类似扬琴的波斯拨弦乐器。
2. 希腊文（拉丁文是 Theotókos），意为圣母，上帝之母，神之母。

从墙上取下勒安得耳的萨恩蒂尔琴，用手掂了掂分量。对这位年轻琴手来说，琴箱里的铜币带给琴的分量就是一封充分的举荐信。老商人请求老契奥里奇把勒安得耳借给他一段时间，作为他们乐队的第四名琴师和他们走一趟君士坦丁堡。勒安得耳毫不迟疑地接受了，他的写字课就这样刚开始便被打断了，并再没有超出他学的第一个字母。不过，找到勒安得耳的那个老商人在同一时间也病倒了，所以他们只好带上勒安得耳的朋友，一名来自黑塞哥维那边境、名叫狄奥米德斯·苏博塔的伙计，用他来凑足萨恩蒂尔琴乐队的人数。

商人们从贝尔格莱德出发踏上旅途，他们沿着岁月沧桑的君士坦丁堡的大路，经由萨洛尼卡[1]，前往帝都君

---

1. 萨洛尼卡（Salonika）：希腊历史名城，又名帖撒罗尼加，拜占庭帝国时期被誉为"东正教的堡垒"；1430年被土耳其苏丹攻陷，成为奥斯曼帝国的领土，直到20世纪初两次巴尔干战争后，于1913年划归希腊。

士坦丁堡。他们看到了赫勒斯蓬特海峡[1]，穿过了塞斯托斯和阿比多斯[2]，两年后才归来。但是在旅途中，剩下的两位弹奏萨恩蒂尔琴的商人中有一位诡异地失去了生命。这位商人吩咐他的骆驼跪下，好让他躲在骆驼身后解决内急；正当他撒尿时，骆驼突然躺倒在他身上，把他给压死了。第二年，他们准备再次前往君士坦丁堡的时候，他们给死掉的这位找了个替补；然而到了出发那天，第四位商人，老琴师中的最后一位，却没有在商队中露面。几位代替演奏萨恩蒂尔琴商人位置的年轻人照例集合在一起，当意识到再也没有一个老年琴师跟他们同行时，这些年轻人用惊异的眼神相互看了看；然后，仿佛约定好了一般，他们丢下乐器，作为商人而非乐师继续踏上

---

1. 赫勒斯蓬特海峡（Hellespont），即连接爱琴海与马尔马拉海的达达尼尔海峡。
2. 塞斯托斯是古代波斯入侵希腊的渡海之处，古代色雷斯的都市；阿比多斯是小亚细亚的一座古老城镇，位于达达尼尔海峡的亚洲海岸。

旅程。

土耳其军队向着维也纳推进期间，两个世界之间——在西方与东方、欧洲与亚洲之间——充满着危险的旅行和有利可图的贸易都会如愿以偿。那趟旅途中勒安得耳意识到，他已经受够了音乐，就跟他这辈子已经受够了父亲的爱一样，因为无论他为之增加什么，也只会被他挥霍，并消失得无影无踪。因此，经商带来的快乐，让他再也没有回到萨恩蒂尔琴上，再也没有拿起过这种乐器，甚至再也不觉得在这个困扰着他周围时光的世界上还有听音乐的需要。他迷恋上了新的生意，迷恋上了旅行，迷恋上了骆驼，它们缓慢的、切分音式的步法，实则暗藏着一种不可思议的可以吞噬空间的能力，暗藏着一种敏捷与效率；他努力模仿骆驼，借助柔和、文雅、冗长而拖沓的动作，来遮掩自己天生的脉搏、内在的时间、行动的敏捷。披着慵懒伪装的速度——这是

他的理想。这是保护他自己的最佳方式，明白这一点，让他总是隐瞒他的生命之烛已燃烧得所剩无多，总是缄口不提他超前地在风的后面看见了什么。就这样，通过观察骆驼与多年操练，他做到了彻底隐藏他非同寻常的能力；他像对待缺陷一样对待自己的本领，他认识到，他所具有的敏捷特质是一种不被人们信赖的危险武器。他的做法可以让他免遭不幸。因为世事艰难，路上随处可见血迹斑斑的长袍。从商贩们那里，勒安得耳听够了有关挥舞马刀的土耳其人、动作飞快的猎手、砍头人的恐怖故事，这些人总是拦截商队，大肆洗劫商人和流动商贩。商贩们告诉他，有个马刀手总是把自慰用的手藏在身后，像件珍宝似的，就是为了不让那只手累坏；那个马刀手不用那只手干任何别的事，砍杀时只用另一只手。勒安得耳无奈地想道：魔鬼杀不了人，只有上帝才能夺走生命；他害怕了；只要一想到那个马刀手，他的

眼睛就会在他充满恐惧的脸上跳动。

这种恐惧被一位占卜师更牢固地植入他的心里。

占卜师住在一座颓败的蓄水池里，每当夜里睡不着觉的时候，他就起来磨刀，要么就穿着袜子洗脚，而他的孤独感也会像奶酪一样迅速恶化。人们告诉勒安得耳："如果给他一枚硬币，他会给你剃胡子刮脸；如果给他两枚硬币，他会一边给你剃胡子刮脸一边给你算命。但是要小心，他算命的能耐可比他剃胡子的能耐厉害。"

勒安得耳坐在蓄水池前面的一块石头上，掏出两块硬币。预言家露出微笑；你会发现他身上唯一不会衰老的东西就是微笑。他请勒安得耳张开嘴巴，冷不防朝勒安得耳嘴里吐了一口唾沫，接着又把他自己的嘴巴张大。勒安得耳朝预言家嘴里吐了一口作为回应，后者随即把唾沫吐在勒安得耳的两颊上，抹开那唾液，开始给勒安得耳剃胡须。

"土耳其人会在明天或后天发动进攻吗？"勒安得耳半开玩笑似的问道。

"我不知道。"占卜师的声音大块大块地漂浮在周围。

"哦，那么，你是哪一种预言家？"

"你知道，占卜师有两种——昂贵的和廉价的。但不要认为前者就是好的，后者就是糟的。这不是关键。前者预言迅速的秘密，后者预言缓慢的秘密，才是他们之间的区别。比如说我吧，是一个廉价的占卜师，因为对明天全天或明年，我所看到的东西还不如你看到的多呐。我能看到非常遥远的未来；我可以提前两三百年预言狼到时候会被叫做什么，哪个帝国会崩溃。可是有谁需要知道两三百年后才会发生的事情呢？没有谁，连我也不需要。我对它根本不在乎。但是还有另一种占卜师，昂贵的占卜师——在杜布罗夫尼克，比如说吧——会预言明天或一年后发生什么事，大家都想知道这种预言，就

像一个秃头需要一顶帽子一样；你不会去问这样的占卜需要花多少钱，你会慷慨地付钱，就像你会为长翅膀的小猪付出一样。不过，你不要认为这两种预言家和预言彼此之间毫无关联，或是认为他们相互之间是矛盾对立的关系。预言其实是一体的，彼此相同的。可以把它比作是风，风有外侧和内侧。风的内侧是指：风从雨中吹过时没有淋湿的那一面。所以，一种占卜师只会看到风的外侧，另一种占卜师只会看到风的内侧。没有哪一种占卜师能把内侧和外侧都看到。所以，你得至少把他们分别找到一个，才能组合出完整的画面，才能把你的风准确的一侧缝到衬里上……

"现在就让我告诉你，从我这儿你能得到什么吧。男人就像船上的指南针：他绕着它的中心轴旋转，通过旋转看到世界的四个侧面，但如果往它的上方和下方看，却看不到任何东西，而这两个方向恰好有男人关心并渴

望知道的两件事：在下方的爱，在上方的死。

"有各式各样的爱。有些爱，只能用餐叉刺破；还有一些爱，得用手捧着吃，就像牡蛎；有些爱，必须用餐刀切成小块，免得使人噎住；还有一些则过于汤汤水水，只有借助汤勺才能解决。另外还有一些，得像亚当采摘的苹果一样被采摘。

"至于死呢，它是神圣的天空下唯一可以像蛇一样在我们的身世之树上爬上爬下的东西。死亡可以在你出生之前潜伏下来，等候你数个世纪；它也可以返回来找你，可以从极其遥远的未来返回与你相逢。某个你不认识，也永远不会见到的人，可以唆使他的死如同猎狗扑向鹌鹑一样地扑向你，可以隔着遥远莫测的距离派它来抓获你……

"不过咱们还是不谈这些吧。你长着俊美的脖子。这样的脖子会招引女人的手和士兵的刀。真的，我看见

一个穿长筒靴的士兵；他挥舞着一把有金色流苏的马

刀，就是用这把马刀，他将把你砍杀。因为，瞧，我还

清楚地看见了你的头。它跟施洗约翰[1]的头一样，放在一

只盘子里。起因是一个女人……但是，现在不用担心，

这件事不会很快就发生。在此之前，你还会度过非常多

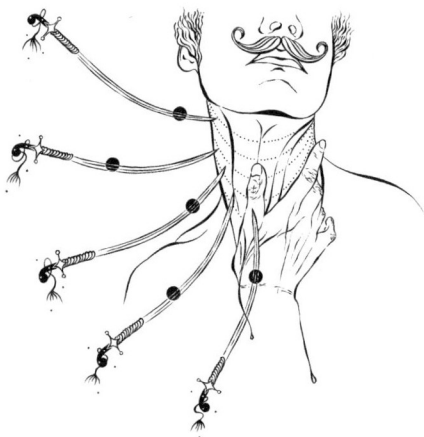

---

1. 施洗约翰（Saint John the Baptist），《圣经·新约》中的人物，
   为耶稣施洗的先知，主要事迹见于《马太福音》和《路加福
   音》。他因谴责犹太王希律占有兄弟妻子希罗底而被关进监牢；
   后来希律又喜欢上希罗底女儿莎乐美，答应满足莎乐美任何要
   求，后者便在母亲唆使下，要求希律斩下施洗约翰的头，放在
   盘子里送给她。

的时光，度过许许多多的丰饶岁月。这期间，我的天鹅，你要保护好你的脖子，警惕女人和马刀。好，洗洗吧……"

剃须和预言就这样结束了。勒安得耳离开时，这一年的第一场雪在他身后飘落，预言家响亮的声音从飞雪中传出来。勒安得耳心想，雪花能粘在这种声音上，就跟能粘在毛毯上一样。由于头顶上方的寒冷与体内的寒气，他冻得浑身直哆嗦。

这个预言让勒安得耳心烦意乱。对他来说，恐惧马刀手好像比任何时候都有道理。他的心脏从身体左侧转移到了右侧，这种恐惧导致他的梦境有了传染性；要是勒安得耳梦见一只乌鸦因在他梦里受到嘲笑而叨啄了他的牙齿，那么他当天接触过的所有人也会梦见一只乌鸦正在叨啄他们的牙齿。

不过，在最害怕马刀手的这段时间，勒安得耳倒是

没有遭遇任何一个马刀手。相反，他先遇到了一位年轻姑娘。他们在奥赫里德湖[1]过冬的时候，他觉得自己把恐惧夸大了，同时还失去了自己那与生俱来的节奏；他感到他正在让自己隐秘的本领退化而不是进步。一天晚上，他听到了萨恩蒂尔琴的铮铮声。他没有像从前那样无动于衷，而是凝神倾听。这种情况对他来说就像是倒退了一步。弹琴的是个女人，而非男人；这种差别没有逃过勒安得耳的注意，尽管起初他不可能知道这种差异从何而起。倾听过程中，他觉察到另一个情况。当音乐进行到手指应该横拨琴弦的乐段时，那把萨恩蒂尔琴就没了声音，数秒钟后才会重新响起，仿佛是因为呼吸而出现了一次停顿。勒安得耳明白了那是怎么一回事，所以第二天，当他看到那个曾经弹琴的姑娘，他首先对她说的就是："我听到你弹琴了。

---

1. 奥赫里德湖（Ohrid），巴尔干半岛第二大湖，也是最深的湖，在马其顿与阿尔巴尼亚的边境。

你的左手缺一根手指，你的无名指。不过你是在失去那根手指之前学会了弹琴。对吧？"

"对啊。"那个姑娘回答，"三年前，为了消灾祛祸，他们偷偷塞给我一把琴弦炽热的金属萨恩蒂尔琴。之后，我一直就是这样弹琴的，为了提醒我自己，不过你没有必要听……"

勒安得耳立刻想到，他自己的生活方式可能有助于这位姑娘忘掉她的不幸。他试着向她解释一个人该如何在不去留意的情况下快速地生活；夜复一夜，他们沿着湖边漫步，而他则尽力将自己不寻常的、隐藏着的本领传授给她。这就暴露了戴斯皮娜——这位姑娘的名字——原来是一名出色的学习者；没过多久，她那些与挂着炽热琴弦的萨恩蒂尔琴相关的不幸时日就被忘到了九霄云外。她将乐器彻底丢弃，就像勒安得耳要离开那些商人一样，因为他已厌倦了商人们做的事，厌倦了满

心的恐惧和他赚来的钱。戴斯皮娜渐渐掌握了他吃东西的节奏，她成功地模仿了他说话和走路；她以勒安得耳使用他的眼睛所采用的同样风驰电掣一般的速度，训练使用她自己的眼睛；她还时常有种感觉，她所拥有的每一天都让她过成了两天。但在这些课程训练和湖畔散步的过程中，虽然回避着人们探询的目光，掩饰秘密一样掩饰着他们通常的速度，他们的关系却慢慢变得越来越亲密了。她会时不时地让她的戒指在他眼前闪耀一下；望着她的时候，他会猜想她是不是跟壁画上那些邪恶女人一样，胸部不是长着乳头，而是长着两根螺旋形的母猪尾巴。那段时间，勒安得耳既不懂女人，也不懂自己。他知道，对待美酒必须像对待女人：在夏季用一种方式，在冬季用另一种方式；他还知道，烈酒要在夏季倒来倒去，淡酒则是在冬季。勒安得耳从家里人谈话中获得的关于女人的全部知识就是这些，然而这位缺一根手指的

姑娘吸引着他。勒安得耳的fabula rasa[1]——他的"空白故事",当时正在某个地方等着他,亟待他最后走进去。

德林河流过奥赫里德湖,将湖分成两半。一天晚上,戴斯皮娜和勒安得耳把一张渔网扔到船上,然后离岸划到湖里,顺着德林河漂去,河水会在拂晓时分把他们漂到了另一边。那天夜里,在那条漂荡在两片水里的船上,覆盖着渔网,他们第一次躺在一起。

然而事实表明,勒安得耳早在几小时之前就洞悉了正在发生的所有事情;正当他的期望得到满足时,因为他的速度比他的伙伴快太多,他们甚至连触摸一下都没做到。毕竟,他的节奏跟她的完全不同;他平生第一次遭遇了存在于他隐秘本领最深处的可怕命运。他们甚至在后来也没法做到和谐一致,勒安得耳就像是往湖里排卵并通过湖水往河里排卵似的,身下搂着渔网而非那个

---

1. fabula rasa,拉丁文,意为"空白故事"。

女人度过了随后的那些夜晚。

最后那天晚上，戴斯皮娜在圣瑙姆修道院[1]买了两支蜡烛。她把一支蜡烛交给勒安得耳，另一支留在小蜡烛碗里。跟往常一样，他们越过湖面到了那条河上，勒安得耳再次做了尝试，最后一次尝试。连这一次也失败了之后——因为还未碰到姑娘的身体，他自己就一泄如注了——戴斯皮娜便让他用那支蜡烛给她破了身。随后在拂晓之前，戴斯皮娜抓起船桨，溯流而上，把船划到扎胡姆圣处女修道院前面的大沙滩上，这座属于塞尔维亚君主的修道院只能从水上抵达。在那儿她点燃剩下的那支蜡烛——她留给自己的那支，递给勒安得耳，吻了吻他，然后将他留在修道院，自己沿着德林河划船而去。

既心烦意乱，又精疲力竭，他们彻底分手了，同时

---

1. 圣瑙姆（Saint Naum，约830—910）：中世纪马其顿作家、启蒙者，与西里尔字母创造有关，系第一保加利亚帝国传教士，保加利亚东正教教堂于9世纪成立后宣布的首批圣徒之一。

深信触碰对他们来说是不可能的事情。勒安得耳手里拿着那支蜡烛上岸时，晨祷差不多就要结束了。在他走进教堂之前，他注意到修道院里正在为一幅圣像举行葬礼。那幅圣像非常古老，出自佩拉戈尼亚[1]；在他们把圣像放入墓穴并往上面洒酒之前，勒安得耳竟然看到了那幅神圣的绘画。画面上描绘的是圣母正在给她的婴儿哺乳，一个手持一柄扁斧的男子——实际上这是施洗约翰——站在他们旁边。婴儿的踏板鞋从他的小脚上掉落了，妇人身边的男子将鞋带绑在小男孩脚后跟上；小男孩因为感觉到那突然的触摸，咬了母亲的乳房；而她意识到发生了什么，斜眼看着正给小男孩穿踏板鞋的男子。

就这样，圆圈闭合了，一条没有间断的线将那名男子、那男子的手、孩子的脚后跟、母亲的乳房，以及她的视线——回到那男子身上的视线——串联起来。那条

---

1. 佩拉戈尼亚，位于今马其顿北部，系马其顿古王国的名称。

线，勒安得耳在那幅圣像埋入地下前一瞥之下领悟到的

那条线，看上去就像他从前学过的唯一的一个字母，就

像字母 θ（读作"德尔塔"）；所以在看见的同时，他想

道："原来，不管怎样，触碰还是可能的！"

随后他进了那座修道院，成了一名修士。

但是，勒安得耳没有立刻获准成为修士，首先是

因为他的胡须还没有长出来。当他讲了他来自哪里，

讲了他的家人既不属于东方基督教，也不属于西方基

督教，而是属于他们父辈的信仰，属于昔日的博戈米

勒派或帕塔雷尼派[1]，结果在获准加入兄弟会之前，他

---

1. 博戈米勒派（the Bogomils）：10世纪时成立于保加利亚第一帝
国的诺斯底主义教派，主要流行于马其顿和波斯尼亚地区，倡
导回归早期基督教，拒绝教会层级结构，反对国家与教会组织；
帕塔雷尼派（the Patarenes）：8世纪天主教米兰总教区的宗教运
动信奉者，要求改革圣职人员以及教省管理机构，支持教宗制
裁贩卖圣事以及圣职人员婚姻。

不得不先花数年时间作为一名见习修士来赎罪。在那段时间里，他让自己待在装满书籍的木钟楼里。他睡在盘成卷的钟绳上面，夜里当风吹动那些钟的时候，绳索就会在他身下猛然抽动而使他醒来；当湖水以骇人的力量将沙砾抛向修道院的大门时，他就倾听那醉醺醺的湖的动静。不过勒安得耳心里再也没有恐惧。在他与戴斯皮娜之间的那些事发生过之后，有关马刀手的故事和噩梦，对他来说就像是孩童们的游戏一样。

"从来都吃不饱，简直像是由饿死鬼父亲留的种。"当他待在修道院附近一个背风的地方，细致地打理那片小小的圣像墓园的时候，修士们会这样议论他；他在那里栽花种草，用石头把墓园圈起来，并为它建了一道门。到了夜里，他就点亮窗台上那支小蜡烛，把黑暗挡在外面；他会削尖并抄写修士用的羽毛笔，用浆果和火药给

他们制作墨水。之后他会吹熄蜡烛，在黢黑中梦想他将来获准进入修道院的日子，以及他学会写字并阅读那些靠着钟楼墙壁排列成行的书籍的日子，直到最后他沉沉睡去；他睡得特别沉也特别快，所以到了午夜祷告时间，他就彻底休息好了。

1689年，他获准参加修道院的祭礼；仪式结束时，修道院院长对他说："从今往后，我的孩子，你名字就叫伊莱内吧！"与此同时，勒安得耳听见修道院的钟响了起来。钟声先是在湖后方的圣瑙姆修道院响起，接着是在他们自己的教堂——扎胡姆圣处女修道院；再下去是在北面，在奥赫里德的圣索菲亚修道院；随后是在佩里弗莱普塔，以及在圣克莱蒙修道院，直到钟声绕着湖鸣响了一圈，并在对岸融入圣瑙姆修道院的钟声中——那里是钟声最初响起的地方。正是在这时候，勒安得耳的朋友狄奥米德斯·苏博塔风尘仆仆、精疲力竭地闯进修

道院，他宣告说斯科普里[1]已被焚为平地，奥地利军队的指挥官皮克洛米尼将军命丧普里兹伦[2]，瘟疫横扫了基督教的军队，土耳其人的讨伐大军正源源不断地沿着瓦尔达尔河谷，从索菲亚出发朝北推进，沿途无论遇到什么，从村庄到修道院，他们统统或纵火焚烧，或挥刀劈杀。狄奥米德斯·苏博塔和别的商人已经丢失了他们的所有货物和钱财，当他前来恳求勒安得耳帮助时，身上只剩他的胡须和衬衣。

"他们会摧毁一切，一切！"他一刻不停地念叨，又是搓手指，又是不停地抓挠耳朵，还用双手捂紧耳朵，好挡住轰鸣的钟声。就在他们交谈的时候，其他修士早

---

1. 斯科普里（Skoplje），位于巴尔干半岛中部马其顿北部，大约是雅典至贝尔格莱德的直线上的中间点，瓦尔达尔河流经此地，今为北马其顿首都。在历史上，斯科普里1392年被奥斯曼帝国征服，改称于斯屈普（Üsküb）；1689年被哈布斯王朝的大将皮克洛米尼短暂占领，但遭遇瘟疫，皮克洛米尼的军队撤退时将该城纵火焚毁。
2. 普里兹伦（Prizren），在科索沃东南部。

已纷纷将值钱的东西打好包裹，冲出大门，把船推下水，向着距离小峡谷数英里的地方航行而去；湖上游向北去的路上，可以听见并看到背井离乡的人们，因为他们是赶着牲畜向北逃亡，他们那些牲畜的铜铃铛要么已经取下，要么就是塞了草。正在这时，一股浓烟滚滚、恶臭熏天、猛烈而油腻的风吹到了湖上，勒安得耳知道农夫们已经在点火焚烧他们不能带走的东西了……

如此一来，伊莱内·扎胡姆斯基作为一名修士在修道院连一天都没有待够，他的写字课也再次延期，以待更合适的时候。他在自己的修士袍上钉了几只钩子，贴着胸脯装好他的金币，到圣像墓园看了一圈；在那幅来自佩拉戈尼亚的圣像的墓前，他割下自己一绺头发，缠在坟头的十字架上，他在童年时代曾见过女人也是这样做的，割下一绺发辫放在埋葬她们丈夫的坟头上。接着，他交给狄奥米德斯两个金币，让狄奥米德斯扎在一起，

藏在胡须里，然后他们动身上路了。

在他们开始逃亡的第一天，他就发现即便逃难者当中也至少有两种人。一种人是不分昼夜、不眠不休地匆匆逃亡，而且总是赶在他们的前面，期望着收获他们曾经在两座营地或两堆篝火之间耕种的东西。后来，他们发现这些人在路上愿意用一奥克[1]蜂蜡交换两奥克葡萄酒，个个精疲力竭，再也无法继续赶路。另一种人则是更为安静地赶路，但每当停下来休息，他们就会慌张狂乱，打探从战场上传来的消息，绕着逃难者的营地徘徊，或是坐在篝火旁边，听盲人弹奏古斯尔琴。他们的逃亡进展缓慢，所以很快就被少数那些像勒安得耳那样行事的人彻底赶超。为说服狄奥米德斯·苏博塔用他的方式逃亡，勒安得耳费了不少劲。按拜占庭的时间计算方式，他们把白天分成两半，黑夜也是如此；正午和午夜时分，

---

1. 奥克（oke）：土耳其一种重量单位，1奥克约等于2.75磅。

他们休息；他们小心谨慎，既不走得太快，以免赶上一边逃窜一边劫掠的奥地利军队，也不走得太慢，以防被苏丹大军中的鞑靼先遣部队追上。他们身后紧跟着掉队落伍者的恐惧，这种恐惧又把他们自己的恐惧驱赶到了更前方。这一切后面尾随着瘟疫和饥荒，瘟疫后面跟着土耳其人，纵火，抢劫，用触手可及的一切喂刀。有时，在这可怕的慌乱中，勒安得耳和狄奥米德斯·苏博塔会遇见一个男人僵直地站在挤满难民的大路旁边；他把一颗种子种在一抔土里，发誓要一直站在那里，直到它发芽开花。

"他们会摧毁一切，摧毁一切的！如果不是这一群，就是另一群。"狄奥米德斯·苏博塔不停念叨，在用手警告其他人时，只用一条腿站着。于是，一天晚上，勒安得耳打断了狄奥米德斯的抱怨。

"现在，听我跟你讲，狄奥米德斯。我觉得咱们简直

是疯了，放火烧咱们留在身后的所有东西；毕竟，敌人是不可能做得到摧毁一切、烧毁一切的。他们好像也做不到如寒霜把鱼冻干那般让土地干涸。相反，咱们留在身后的东西越多，敌人摧毁它们花的时间就越长，最起码咱们离开后有些咱们的东西会幸存下来的希望就越大。这就是为什么咱们不应该焚烧并毁坏。咱们应该建造，甚至现在就要建造。实际上，咱们都是干建筑的。但上苍赐给咱们建筑用的大理石却非同一般：时辰、日子和岁月，并以睡眠和葡萄酒作泥浆。谁的铜币在他的荷包里吞没了金币，或是谁的夜晚吞噬了白昼，愿他遭殃罹祸……"

说话的同时，勒安得耳为自己讲出这些话而吃惊；他为自己的声音感到惊讶，这声音先从身体里、从喉咙里出来抵达耳部，然后才抵达狄奥米德斯；他对自己突然的决定尤其惊讶，这个决定似乎早已在那儿，在他的

身体里，此刻之前他却未曾意识到它的存在。可以说他一直是在黑暗中行路，并认为路就在脚下，却并不了解也永远不会知道是在什么时间，他与那条路在黑暗和夜幕中跨过了底下那座看不见的桥梁。显而易见的是：他到达了对岸；他只是做了一个决定，并向他的同伴宣布了这个决定：

"该是咱们用自己的大理石建造一些东西的时候了，狄奥米德斯，我们该回到咱们的先辈从事的建筑行当上了。从今往后，这将是咱们去干的唯一行当。从今天起，咱们要搞建筑。咱们会逃亡，在逃亡中建筑。你要是乐意，可以加入我；要是不乐意，就带着你胡须里那两块金币走吧，让它们做你的盘缠。从今往后，每宿营三次我就建筑。任何东西。任何我知道怎么去建筑的东西。"

狄奥米德斯·苏博塔被如此可怕的建议吓坏了。他恳求朋友不要误入歧途，在这种甚至连无罪之人都得付

出生命代价的时候："你会被抓住的，被那种早已扔掉刀鞘、拿着裸刀满世界转悠、寻找你这种脖子的家伙抓住。现在路上到处都是那样的家伙。趁还来得及，咱们赶紧逃命吧。"

但勒安得耳已经不再害怕男人了。他怕的是女人。勒安得耳的自信，不可思议地因为那些他拥有很多、狄奥米德斯却只有寥寥几枚的金币而得到加强；这种奇怪的自信瓦解了狄奥米德斯·苏博塔的抵抗。狄奥米德斯很不情愿地同意了，因为他回想起在乘坐马车的旅行中，勒安得耳在两个帝国和三种信仰之间、在像风一样吹过的不同语言当中是如何应对自如的。

到了早晨，伊莱内·扎胡姆斯基——这是勒安得耳现在的称呼——花纯金租了一匹骆驼，让狄奥米德斯坐在上面，并给了他十个达克特[1]。他让狄奥米德斯在他前

---

1. 达克特（Ducat），一种曾在欧洲多国通用的金币。

面先走三天的路程，到伊巴尔河谷[1]去开采石头，烘制砖瓦，并准备造房子的地基。勒安得耳照常步行，跟在后面。第三天，他在走路的时候睡着了，而且梦见了波浪，梦见了海水，还梦见在遥远的猛浪滔天的大海上有一支火炬，他必须朝那支火炬游过去；等到醒来时他才发现，梦里见到的波浪其实是他自己的脚步，因为他是睡着觉在走路。而马刀手就在他的前方。

这个家伙如同庞然大物一般，骑着一匹马，横挡在路上，那匹马的蹄子用雌性巴西木染成了红色。他光着脑袋，留着的不是一根猪尾巴小辫，而是一把浓密的红色大胡子，匀称地梳着一条中缝。逃难的人们——勒安得耳也在其中——仿佛中了魔法似的继续朝着他走去；当人们走得近一些时，这个马刀手用一只手猛地拍了一下后脑勺，另一只手敏捷地一把抓住从他脑袋上弹出来的人造水晶眼

---

1. 伊巴尔河（Ibar），流经黑山、塞尔维亚、科索沃的一条河。

珠，与此同时，驱马冲入目瞪口呆地望着这不寻常的一幕
的逃难者中间，用他那出鞘的马刀砍杀起来。随后，当他
杀到勒安得耳跟前时，忽然停住了。他把刀尖伸到勒安得
耳拳曲、汗湿的胡子下，小心翼翼地——没有伤到勒安得
耳，却果断地——把这个牺牲品的下巴抬了起来，直至勒
安得耳的后脑勺看得见自己的屁股。刚开始他似是在搜寻
那些扎在一起、藏在勒安得耳胡须底下的金币，但很快表
明这个马刀手盯住看的是勒安得耳的脖子。接着，他放下
马刀，对勒安得耳说道："不要怕死；死意味着不再做什
么人的儿子。只有到了死的那会儿，这种情况才会发生。
但不可能提早发生。不过我不会砍下你的脑袋。你的脖子
简直就是为以赛亚长的。我要把它当作礼物献给以赛亚。
让它带给以赛亚快乐。你会让以赛亚发现的。也许以赛亚
已经在寻找你了。让他得到你吧！"

　　这个马刀手兴奋地驱马走开，一路收集着他的血淋

淋的战利品。

这一切结束后，勒安得耳像其他人一样继续赶路，只不过他实在太疲劳了，一边走路，一边继续睡觉，他转眼就忘了耳边回响着的以赛亚这一可怕名字是来自何处，也不再清楚这位马刀手他是在梦里见到的，还是实实在在遇上的。到了约好的那天，他按时赶到预定地点，在那里找到守信而未逃之夭夭的狄奥米德斯·苏博塔。在离格拉达茨的基察修道院不远的一片矿泉的上方，狄奥米德斯·苏博塔已经选好了地方，烧制了砖瓦，并依照约定挖好了地点，然后殷勤地等候着勒安得耳，他身边是准备好的泥浆和成堆石头，还有很便宜地从抛弃家园的农民手里买来的木梁；让那些农民甚感惊讶的是，这位疯狂的骆驼客居然为这些将要变成柴堆废料堆的东西花钱。两位好友共进了晚餐，睡了一夜觉；翌日清晨，勒安得耳又给了狄奥米德斯十个达克特，约定好下一个见面地点。狄奥米德斯无论

怎么祷告恳求，全都无济于事。离别时，他们眼里都噙满泪水；狄奥米德斯骑着骆驼离去，逃向北方更远的地方，勒安得耳则在这段时间冒着那一年那个季节飘落的浸透血水的雪花，留在了三天后土耳其人和瘟疫就会来到的这片无主之地上——这地方正处在交战双方的两个阵线之间，处在两个争吵不休的帝国之间，处在两种他勒安得耳都不属于的信仰之间。

此刻，在逃难的人潮顺着伊巴尔河谷蜂拥而去的时候，在塞尔维亚人的米列谢娃修道院、拉察修道院、拉瓦尼察修道院和德查尼修道院被焚毁的时候，他脱下斗篷，独自一人在这块无主之地上，在这个多年来由于各种杀戮流血而变得荒芜的土地上，一边数着他赖以为生的砖料和时间，一边开始建造圣马利亚进殿礼[1]小教

---

1. 通称"圣母进殿节"或"圣母献堂瞻礼"。传说马利亚3岁时由父母送到耶路撒冷圣殿献给上帝，每日祈祷诵经、缝纫刺绣为圣殿服务，还矢志终身守贞。圣母进殿节仪式活动逢每年11月21日举行。

堂。和他的斗篷一起，他把外表上的平静和从骆驼身上学来的迷惑人的慵懒也抛开了，而且，因为不受顾虑周围环境的束缚，他热火朝天地动手干起来，把他内部闪电似的节奏释放到这个世界上。自从奥赫里德之夜后，他第一次感到自己又像一名男子汉，并强过了其他人。他握紧斧头，开始将石料凿成方形，把石块砸成石子，快速砌筑起来——他在少年时代望着祖父在波斯尼亚各地用缓慢、吃力的动作雕凿墓碑时，他就渴望并想象过这种速度。如今，他重新变成了建筑工，他嘴里满是咸涩的汗水与尘土，耳朵里堵着汗津津的头发，这汗湿头发下面则是一颗灼热发烧的脑袋；在他的手里，在他那仿佛毒液一样辛辣刺鼻的唾液下，石料和砖瓦噼啪作响；他用力干活的时候，男性那热腾腾的种子灼痛了他的大腿，侵蚀了他的衣服。日到正午，他停止干活，吃了一点豆泥，然后在河岸边躺下。他会将鱼钩拴在一绺一绺长发上，再把头枕在河

边石头上，以这个办法让头发垂进水中。就这样，他一边睡觉一边钓鱼，精疲力竭又饥肠辘辘，盼着鱼儿能进入他的梦乡并慰劳他的梦。之后他会爬起来，一直造房子造到午夜时分，然后再次躺下，直到被仓枭吵醒，谁也未曾见过这种鸟，但它知道听见它声音的人会在什么时候死。

第三天，当童贞女马利亚进殿礼小教堂封顶后，伊莱内·扎胡姆斯基套上他的斗篷，给小教堂行了祝圣礼，给它上了锁，然后继续他往北去的逃亡路。他逃了三天；在这逃亡的三天里，他为下一场建造做了充分的休息。在摩拉瓦河畔[1]，距离斯维拉伊纳茨[2]不远，在约定的地点，他找到了狄奥米德斯，看到已经铺设好的新地基、准备好的泥浆、集中在一起的建筑材料，旁边却是一头死去的骆驼。他们吃了骆驼肉，租了一匹马，并互相拥抱。

---

1. 摩拉瓦河（Morava River），多瑙河右岸支流，在斯梅代雷沃附近注入多瑙河。
2. 斯维拉伊纳茨（Svilajnats），塞尔维亚中部一座小城镇，距贝尔格莱德约100公里。

只有在那个时候，在他们分手的时候，勒安得耳盯着他的朋友看了良久，才决心说出最要命的打算。

"现在你不要再和别人一样往北逃了，"他对朋友说，"你要转向东去，下一个你要准备建材和地基的地方，会比以往距离土耳其人的前线更近。你如果怕了，觉得离开我才会自由——我绝不会因此而瞧不起你——但是如果你想跟我在一起，你就必须照我说的去做。也不要请求解释，因为我们没有那个时间。"

于是，狄奥米德斯·苏博塔第一次决定要说出自己的意见。"我懂，"他开口说道，"谁捧着杯子，谁就是念诵主祷文的人。可你选择的路并不正确。语言如今正起来反抗语言，我们却要在这些战火纷飞的时期造房子，这可不是适合造房建屋的时候。和平终将会获得胜利，但还没有哪个人赢得过一场战争。像咱们这样的小民族，必须由悬在头顶上的权杖来统治，无论这根权杖属于谁。

比起战争时期的爱国精神，和平时期的智慧与爱国精神
更为重要，但就在昨天，在一切都将燃起大火、在你的
血液与眼泪混合在一起之前，你并不知道你将要开始恨
与爱的是什么……"

"瞧瞧，"勒安得耳回答，"一棵树正从那个窗洞往
外生长。它没有为了能生长而等待和平。何况，挑选地
址、季节、好天气或者坏天气的是建筑物的主人，而不
是建筑工。咱们的工作就是建筑。实际上，有谁向你承
诺过和平与幸福，承诺过一大捧麦子，或者一种更美好
的生活会在路上紧跟着你吗，就像驴的尾巴紧跟着一头
驴子？"

狄奥米德斯绝望了，他再怎么质疑恳求也都是无济
于事。他接受了勒安得耳的所有条件，然后他们第三次
分了手，对是否还能见面没有一点把握。

勒安得耳留在那块无主之地上，一座岩石嶙峋的山

丘上，风雨剥蚀了它的皮肉，只让它留下了骨架。但他还是一边等着霜冻将狄奥米德斯留给他的鱼风干，一边又建了一座献给圣母马利亚的教堂。他在正午和午夜休息，唯一的恐惧是记不清时间。这一回，没有仓枭将他吵醒，所以他在睡觉时，会等着正午的太阳将他晒醒。然而，这次把他弄醒的不是太阳，而是有人按在他喉咙底下的手指，是有人呼出的欧芹酒的气息。勒安得耳睁开眼睛。他的建筑物旁站着一匹没套马鞍、四蹄鲜红的马，马旁边的雪地里卧着一条硕大的母狗，有人唤了它的名字。这条母狗叫皮兹卡[1]。那个没什么特色的声音就是用这个名字来召唤它的，而它撒腿奔到了勒安得耳跟前。俯首盯着勒安得耳看的就是这条母狗——它似乎醉醺醺的，因为它也散发着浓烈的欧芹酒的气息——以及一个硕大无朋、毛发灰白的脑袋——看上去就像涂了肥

---

1. 皮兹卡（Pička），原文意为"蠢娘们儿"。

皂沫，还未用水冲洗一样。勒安得耳立刻意识到蹲在他身边的是以赛亚。

"我早就听说过你了，"这个马刀手对他说道，"我会告诉你我寻找的是什么，还有我为什么选中了你。我不是个徒有虚名的刽子手，只是为了好玩取乐或者牟利。我打仗不是为了土耳其人，也不是为了日耳曼人。我有我自己的目标。你一定听说过那个被割下的脑袋的故事。就像那样，你把某个人和生命分开，将他的脑袋塞进一只草料袋，带着它走进所遇到的第一家客栈，将它放到桌上，给它把头发梳得漂漂亮亮，然后喝酒。你喝上三天，并且等待。你等啊等，一直等，等到第三天，放在桌上的那颗脑袋会发出尖叫。它需要这么长的时间才能意识到它的死。有些脑袋会需要更长的时间。长得多的时间。但并非每颗脑袋或每个马刀手都能做到这一点。要想拣选一个和你一样喉结挺拔的漂亮脖子，一个为马

刀而生的脖子，你必须得机智敏捷，就像我这样。肯定
有人早就对你讲过这些话了，我相信马刀手们都在围着
你转呢；当然，令人费解的是，你居然还活着，这确实
让我惊讶。别怕：我不是屠夫，我身手极快，我可以干
掉一只正在飞的鸟，我能用马刀把一只蜜蜂劈成肉片。
我若不是这样的，我身上长的早就是野草，而不是毛发
了。好了，说点什么吧，好让我以后能认出你的嗓音。"

　　然而，就在同一个瞬间，勒安得耳因为恐惧而失声
了。这救了他的命。他用手指着，向以赛亚示意他说不
出话来。以赛亚如同被烫到似的跳起身，一挥马刀，削
去勒安得耳一只耳朵，可是勒安得耳连尖叫都发不出来。
那声尖叫在他体内滞留了更长一段时间。他吓呆了。随
后马刀手吐了口唾沫，将一枚银币丢到雪地上，纵马
而去。离开的时候，他撂下了话："那是补偿你的耳朵
的，因为从今往后人们会叫你'一只耳朵'……你现在

有了标记，要是你又能发声说话，我很容易就能认出你来的。"

人们依据期望忘却的东西，分成了各式各样的宗族。勒安得耳纹丝不动地站在他的建筑物旁，再也认不出那是什么建筑。他发现，虽然他长期以来都在旅行漫游，但他的灵魂一直以来都是静止的。他从小背包里掏出一片干巴巴的面包，之前在湖畔的修道院里，他曾把这些面包片在醋里浸泡过，然后晒干。现在，他又用雪把面包片润湿，由此挤出一大捧不错的醋，用这些醋洗了洗。他向四周望了望。水在冰层下流淌，他听了听流水声。他走到一个地方，敲开冰面，说了几个词。流水声准确地重复了这几个词，一个接着一个，宛如一种回声。勒安得耳露出微笑。他用希腊语说了一个词，也就是 *Theotókos*；流水也用希腊语重复了这个词。"如果我会拉丁语，"勒安得耳心想，"我就

可以教流水说拉丁语了。"流水就像鹦鹉，它会学习。

"水的内侧。"勒安得耳心想。恰在这时候，头顶上方飞来一只遨游的鸟；它散发着可怕的气味，将其他飞翔中的鸟纷纷杀死，并使它们从空中坠落。这一幕让勒安得耳一下子摆脱了他的咒语或梦魇；他看了看他的建筑物，如同刚睡醒一般，完全恢复了说话能力，并仿佛从未发生过任何事似的继续他的建造。他把这座教堂建造完毕，并跟前一座教堂一样为它祝了圣；在那个地区，这座教堂将会作为"米尔科修道院"被人们永远铭记。

随后，勒安得耳便向着多瑙河逃亡而去。在斯梅代雷沃附近的一个地方，他找到了他的朋友，后者在蜂拥过河的乱哄哄的难民群里已经精疲力竭、迷失了方向。他们把上次租的那匹马吃了。勒安得耳给狄奥米德斯·苏博塔雇了一条小船，然后让他带着十二个达克特

以及在斯雷姆的斯兰卡曼[1]脚下为一座新教堂做奠基工作的指令，渡河去了奥地利人控制的地盘。他自己则留在多瑙河畔。蜂拥而来的人群在那条源自天国的汹涌的河里争先恐后、挣扎前行着，在此期间，勒安得耳却在河的一边，在距离格罗茨卡不远的河岸上，开始建造起他的第三座教堂。他用石头把这座教堂建在瑞伊诺瓦茨，以庆贺圣母诞生；对于形单影只并且越来越疲惫的勒安得耳来说，石墙筑得越高，往上砌石头的难度就越大。有时他会朝多瑙河对岸望上一眼，难民们的船只像被丢弃的鞋子一样，躺在那边的河滩上。工作进展得越来越缓慢；勒安得耳凭着最后一丝力气，把最后几块石头安装在教堂顶部，工程进度延误了很多。这时他发现，不

---

1. 斯雷姆（Srem），位于东欧潘诺尼亚平原萨瓦河与多瑙河之间，今塞尔维亚伏伊伏丁那省的西南；1691年8月，在斯雷姆的斯兰卡曼（贝尔格莱德以北约60多公里处）一带发生的战役中，奥斯曼帝国军队被神圣罗马帝国军队打败。

只人与野兽存在两种类型,各自以不同的节奏活着。他自己的两只手也没按照同样速度活着或作出反应。这座教堂快要完成时,他注意到他的右手跟不上左手了。他体内仿佛也有两种时间,静脉的时间和动脉的时间,彼此没有任何交织。在类似这样的一个瞬间,石头挤碎了他左手的无名指。

教堂竣工了,勒安得耳却再也没有力气和时间从穹顶上爬下来,土耳其人抵达多瑙河的时候,他正好还在那上面。从他躲藏的地方,他看见骑兵队朝着河边快速冲去。他知道这些骑兵已经无休无止地奔驰了六十多个钟头;现在,随着他们抵达敌方帝国的边界,很多人已经用牙咬着马的鬃毛睡着了;另外,为了不让胯下的战马在路上睡着,他们还用马尾巴毛拴住了这些牲口的生殖器。他看到他们在冲到河滩的时候怎样醒来,怎样让他们的马喝水,以及因为精疲力竭,

怎样坐在马鞍上朝河里撒尿。他想象着他们将会用那些沾着尿渍的手怎样将他劈死。他看到别的士兵驱马冲进教堂，盯着从勒安得耳的伤口溅落在地上的血迹，以为有人已经捷足先登，在他们之前屠杀并抢劫过了；他看见他们怎样放火点燃这座建筑。他等待着，直到烈火凶猛地燃烧起来，逼得那些土耳其骑兵不得不尽量后退，躲避炽热和浓烟；趁此之际，他突然从那些马刀旁边飞奔而过，冲出大门，直接扑进了多瑙河。游水的时候，他把无名指含在嘴里，以免河水带走他的血；那些士兵冲着他开火，冲着水浪射击；在水下，他因为紧张、疼痛和恐惧，直冒冷汗。当他游到河对岸时，时间已是夜晚，但他眼前的路却被照得熠熠发光。在多瑙河的另一边，他在瑞伊诺瓦茨建造的教堂正在燃烧，那些炽热燃烧的石头一块接一块地顺斜坡翻滚着冲向下面的水波，照亮了整个河岸，嗞嗞响着湮没在

河里。

在这片从未来过的河岸上，他躺在泥泞的芦苇丛里，睡着了。他梦见他那只已经不存在的耳朵戴着一枚耳环，梦见他用芦苇的影子编了一个小巧的篓子，里面圈着一只着火的小鸟。他在基督教帝国的一片云彩的阴影中醒来，虽说失去了一根手指与一只耳朵，饥肠辘辘，但再也不必像以前那样躲藏逃亡了。

"自然啦，"他从泥泞中站起来时想，"用日耳曼词语咬的烟斗看上去绝对不会像用土耳其词语咬的烟斗。"

在还有一天步行的路程时，他听到了斯兰卡曼钟塔上的钟声；可等他到了那座镇上，却看不见狄奥米德斯的踪影。最后他发现，狄奥米德斯戴着锁链被囚禁在一座地牢里。耶稣会会士不允许狄奥米德斯依照东方基督教的教规建造一座教堂，而且在他接到维也纳特许之前，也不准他挖掘地基，或者购置并收集建筑材料。在此期

间，他作为一名可疑人物受到了拘押；勒安得耳为他付了一笔赎金，才好不容易把他捞出来。虽然干不成工作，他们两人却总算平安无事了，只是觉得灰心丧气，第一次迷失在从南面来的成群的难民中间，这些难民被迁徙的人潮裹挟着，为前往布达城一路漫过多瑙河的两岸。眼见这种情况，勒安得耳就去找了那些耶稣会会士，恳求他们的许可，让他们按照无论哪条教规去建造无论哪座教堂，因为对他而言最重要的事就是建造；除此之外，全都无关紧要。自然了，他被告知：要想马上建造教堂，他不妨把钱捐献出来；但由于他是东方基督教的一名修士，他首先必须放弃他原来的信仰，并只有在获准皈依了新的、纯正天主教的、罗马教廷的信仰——如他们所声称的——之后，他才能建造，而这种情况需要花费时间。

听了这种说法，勒安得耳第一次决定他们应该等待。

冬季近在眼前；像胡桃一样大的星星亮晶晶的，在湛蓝的夜空中根本没有眨眼；敌对双方的军队守在他们各自的冬季营地里，等待着春天和夏天；勒安得耳的耳朵和手指正在愈合，一痛起来会有两种声音，就像在吹两支长笛。他们还没有正儿八经地好好休息就到了七月，一个葡萄酒需要预防响雷和闪电的时期。在两边的军队为重新开战加紧准备的时候，"一只耳朵"和他的朋友在斯兰卡曼的田野上搭起他们的小帐篷，把买来的西瓜灌入白兰地，让它们变得美味可口，还捕到足够吃的鱼，继续等待。当浩荡蜂拥而来的土耳其人和鞑靼人跨过多瑙河，通过一场史无前例的进攻占领了贝尔格莱德，并向斯雷姆继续进军的时候，勒安得耳则等着看耶稣会会士和他究竟谁会率先逃离斯兰卡曼。来自拉瓦尼察修道院的修士们，也都乘船渡过多瑙河向北面逃去，一路上带着君王中的圣徒、塞尔维亚大公拉扎尔·赫雷贝利亚诺

维奇的遗骸[1]，跟在他们后面而去的是带着专制君主斯特

凡·斯蒂利扬诺维奇的圣骨遗物的西萨托瓦茨的修士[2]；

但是伊莱内·扎胡姆斯基修士和他的朋友继续等待着。

随后，来自克鲁舍道尔[3]的修士们带着最后一位布兰科维

奇的圣骨遗物，沿着多瑙河，启程奔向布达和维也纳，

来自霍波沃[4]的修士则带着战士圣人西奥多·泰伦[5]的圣

骨遗物紧跟而去，然而勒安得耳和狄奥米德斯还是坐在

斯兰卡曼的田野上，继续等待着。接着，耶稣会会士们

也离开了被遗弃的斯兰卡曼镇，狄奥米德斯终于可以自

---

1. 拉瓦尼察修道院在塞尔维亚东南部，由拉扎尔·赫雷贝利亚诺
   维奇大公（1329—1389）修建于1375年；1389年6月，在科索
   沃平原与奥斯曼军队的大战中，拉扎尔大公作为巴尔干联军的
   首领，被俘并被斩首，塞尔维亚士兵拼死抢回大公的头颅，安
   葬于拉瓦尼察修道院。
2. 斯特凡·斯蒂利扬诺维奇，西萨托瓦茨，位于伏伊伏丁那省，
   那里有从基察修道院逃亡的修士们修建的修道院。
3. 克鲁舍道尔，今塞尔维亚伏伊伏丁那省北部山区，那里有布兰
   科维奇家族最后一位专制君主修建的修道院。
4. 霍波沃，伏伊伏丁那省北部，布兰科维奇专制君主建有修道院。
5. 西奥多·泰伦：生年不详，卒于306年，罗马军队中的英雄，
   屠龙事迹主要见于神话传说；公元4世纪东正教、罗马天主教
   封其为战士圣人和伟大烈士。

由地做他的准备工作了。他们原先对土耳其军队有的时间优势又没有了，他们再一次只有三四天时间可以用来建造，所以最终他们得以开始在斯兰卡曼田野上建造起一座以荣福马利亚命名的礼拜堂。当这座礼拜堂也响起了钟声，而且当一切都已完工之后，勒安得耳拥抱了他的朋友，并与他道别。他十分遗憾地告诉他的朋友，他们已经来到了必须分手的地方。从此之后，勒安得耳要独自一人去建造。伊莱内·扎胡姆斯基修士打算在他的出生地建造下一座大殿，这就意味着他必须重新渡过多瑙河，穿过奥地利人的军队，越过土耳其战斗部队的前沿阵地，再度进入他们的后方。狄奥米德斯问他的朋友，返回他们好不容易脖子上顶着脑袋才逃离了的地方，是不是疯了；作为回答，勒安得耳在多瑙河的沙滩上给他画了一个字母。

分手之后，狄奥米德斯去了布达城；他在那儿建了

一座漂亮的房子，直到今天房子还在。与此同时，勒安得耳再次游过多瑙河，趁没人注意进入了土耳其人的后方。他回到波斯尼亚，在那里的德莱诺维察，计划建造一座敬奉圣母哺乳圣婴的圣殿。然而就在这时候，伴随着1691年8月19日在斯兰卡曼的可怕战败，强大的麦赫默德帕夏·希乌普瑞里奇[1]本人也在那里阵亡，土耳其大军有如一股巨浪一样从多瑙河弹了回来，向南边后撤。现在这支大军朝着相反的方向驱赶它们前面的一切，在愤怒的撤退中既杀戮又焚烧。所以，勒安得耳发现自己又一次陷入马刀手当中，又一次陷入他的逃亡与建造、建造与逃亡重复不断的处境中。

　　河流拥有一种"水的书写"。每片河水都有它自己的笔迹：河水画出一些特殊的字母，留下只有高空飞鸟才

---

1. 麦赫默德帕夏·希乌普瑞里奇：柯普律吕·穆罕默德帕夏，1691年8月19日战死在斯兰卡曼。

能认出的信息。勒安得耳在他的旅程中也写下了相似的

东西。他建造并留在自己身后的那些教堂都有一个非常

罕见的特征。它们由一个环形的轨迹串联在一起，只要

有人跟着一条线走下去，就会毫不费力地发现，这个环

形轨迹实际上构成了一个无限放大的希腊语字母——θ

（读作"德尔塔"），亦即希腊语中圣母之名的首字母。同

一个字母，勒安得耳曾在他儿时上的第一次也是仅有的

一次书写课上学习过，也曾在佩拉戈尼亚的圣像上认出

来过。因此，在基察、摩拉瓦、斯梅代雷沃、斯兰卡曼

和德莱诺维察之间的大地上，他留下一句铭文：用石匠

的扁斧，按照传授给他的唯一的一种写法，将他学到的

唯一的一个字母刻写在他祖国的广袤大地上。

2

　　勒安得耳历经漂泊和建造之艰辛，饱尝了嘴巴里满含的汗水，厌倦了对在两支争战军队之间游荡的马刀手的恐惧，喝够了乡间客栈给聋子哑巴喝的茶水——那里每种菜单都掺杂着一些污言秽语，在到了他的行程终点时，他也受够了自己目不识丁、头发里生满蛾子、失去一只耳朵和一根手指，于是他动身返回他父亲在贝尔格莱德的家，据说那座城又让奥地利军队给占领了。他是在当年的雨季回那座城的，路上到处是蜗牛，每走一步

都会踩到，它们就像玻璃做的一样在他脚下喀嚓作响。
回到贝尔格莱德时，他心里想着：自己对父亲竟然真的
是几乎一无所知。

他发现父亲还活着，且是孤身一人，每当老人家冲
某个天知道是哪位过世已久的同辈走去时，嘴里总是念
念有词。看见自己的儿子，老人家自是喜悦，脸上的表
情却有些心不在焉："你跟葡萄酒或布哈拉[1]地毯一样成
熟了：这些年你长进了。可是要小心，不要老得上不
了学。"

夜里，他父亲会躺在船夫的吊床上，陷入沉思与回
忆，逐个校正自己在青年时代谈话中说过的所有词语。
老人家想把他的全部人生从头来过，重新经历数十年的
岁月，回顾每一个问题和每一个答案，纠正所有必须纠

---

1. 布哈拉（Bukhara）：中亚古老城市之一，位于乌兹别克斯坦，曾为萨曼王朝和布哈拉汗国的都城。

正的错误，并由此看一看修正后的人生会是什么样子。

早上，老人家会来到停泊在萨瓦河岸边的医务船上，投入他的秘密工作。他能读会写，甚至总是用小十字代替字母"a"；可他却教不了勒安得耳阅读和书写。他把儿子领到可以学唱圣歌的玫瑰大教堂，嘱咐说："你只能用你自己的帽子向别人行礼。"勒安得耳，别名伊莱内·扎胡姆斯基，证明了自己知道在教堂里如何唱得比别人出色，然而老人家并不惊讶，仿佛他对儿子从城里消失不见的这些年里究竟做过什么事真的不感兴趣。简而言之，父与子彼此都不了解对方。

随着时间流逝，勒安得耳注意到父亲没有固定的名字。相反，无论认识还是不认识的路人，都会用他们首先想到的名字跟他打招呼，而他对这些名字一视同仁，全都答应。对勒安得耳来说，父亲似乎被人们送给他的这些不寻常的名号——有时是充满恶意的——给埋葬了，

已经完全消失在了这些名号之下。他父亲会指着这些路人告诫他："有些人活一辈子总是从衣袖里往外拽扯他们的内衣；要小心这类人。"父亲教给他水手打绳索结的技术，在挂着红色圆环的渔网下一边补网，一边解释：

"瞧瞧这些绳结和环扣；把它们做成这样，是为了拴紧绳索的头，不让它们松开。不管你怎么用力拽，绳结都不会松脱，因为让它发挥作用的不是别的任何东西，而是它自身。这一点也同样适用于人。人们走的路线交织成了很多结，让它们貌似太平无事地互相支撑，并形成一道不可逾越的军事边界线；然而实际上，它们就像刚从水里拉上来的渔网上的结一样，始终处在紧张的崩溃临界点。因为，每个结发挥的作用都是它必须发挥的，而不是它自愿发挥的。

"比如说吧，儿子，你天生不是柔弱体质。你拥有强壮的血统；它能让你举起大石头。可是这还不够。你和

你的同代人命中注定不是来统治人的，而是来受奴役并干苦力的。对你来说，是为土耳其人还是为日耳曼人辛苦工作，这其中并无区别。你甚至不能因为你想唱歌就可以唱歌，而是因为有人像操纵小管风琴一样地操纵着你的思想，通过鼓气使它鸣响……"

勒安得耳不相信这样的命运，父亲毫不关心他在返回贝尔格莱德之前那些年月都经历过什么事情，这也让他感到惊讶；这种情况下，他又恢复了自己的石匠职业。目前还是按他自己的、令人愉快的方式恢复的。他日益频繁地观察这座簇新之城正怎样扩展变大。这座城俨然是从河里崛起的，仿佛勒安得耳本人用意识建造了它，又用眼睛将它描绘了出来。

通常，他会坐在要塞里的小山顶上，眼盯着一只飞鸟的翅翼——那只鸟会急速俯冲下来；他会让那只鸟带着他的目光游览这座城。这座沿着河岸崛起的城犹如大

地上的石头牙齿，自其内部脱胎换骨、获得新生。因此，

只要他是骑着一只鸟飞翔，就没有任何一样东西会被遗

漏或因为没注意而错过；假以时日，通过如同织网一样

的连续飞翔，他必定可以看遍这座古老城市的全貌，包

括它所有的犄角旮旯。勒安得耳仿佛正在吞咽食物似的

眨着眼睛，吸收了他那鸟类的目光在下降过程中接触到

的每个信息。他让羽毛舒展的翅膀驮着，察看了要塞里

的奈波伊萨塔[1]，这座塔的倒影同时出现在两条河——萨

瓦河与多瑙河里；透过塔楼齐人高的窗洞，他可以看见

河对岸的一片天空，尽管看不见被塔挡住的河水。他的

目光掠过贝尔格莱德的座座钟塔，回响的钟声在两个帝

国境内都能听到；当那只鸟被一股骤起的狂风席卷时，

它会急速冲过新近竣工的贝尔格莱德征服者——查理六

---

1. 奈波伊萨塔：贝尔格莱德要塞里的主要防御塔之一，建于15世
纪，位于萨瓦河与多瑙河交汇处不远的地方。

世凯旋门[1]，然后蹿入高空，因为它穿飞而过的狭窄通道吓了它一跳，这种时候，勒安得耳也会跟着飞升；攀附在翅膀上全速飞向玫瑰大教堂时，他瞥见在城门口擂鼓的鼓手，鼓手的面孔没法看清，但鼓手的纽扣在阳光下全部熠熠闪耀时却可以数得清楚。由飞鸟驮着，勒安得耳的目光再次俯冲向前，略带一丝颤抖，直达要塞脚下的萨瓦牧场，有些奶牛通过那里的石头台阶闯进紧挨茅草小舍、围着篱笆、种着葱的小园子吃草，结果第二天它们产的奶会自带一股大葱味儿。随后，映入他眼帘的又将是一片蓝色的萨瓦河河水，几排漂亮的新住宅，入口都有苹果形的青铜扶手，好让人们扶着在擦鞋垫上把自己的鞋子擦干净。接着，他会由鸟驮着突然飞向潘切沃[2]

---

1. 查理六世（1685—1740）：哈布斯堡王朝神圣罗马帝国皇帝，曾在1716年反对奥斯曼帝国的战争中获胜并获得塞尔维亚和瓦拉几亚的部分领土。
2. 潘切沃：在贝尔格莱德东北的蒂米什河畔。

那边；在那里，谁都能看见那个草是苦涩的、牛羊回避不去的地方。到了这儿，任何人都可以体会那逆流而上的风是如何裹挟着多瑙河河水刮向一队队列阵行进的军人；那些军人的刺刀亮光闪闪，让他们看上去像是打湿了全身一般。他们北边的城市——奥地利人和塞尔维亚人正在那里抓紧时间构筑防御工事，到处都有时钟；钟声在亲王府邸上方此起彼伏地回响，而亲王府邸的窗户就跟一年之中的日子一样稠密。商铺座座簇新，货品满目琳琅；每座教堂都有三种十字架，容纳三种宗教信仰；栅栏篱墙围得漂漂亮亮的大花园，吸引了萨瓦河两岸的夜莺；从花园旁经过的马车，驶进只是覆盖两三个街区的滂沱大雨。勒安得耳眼前再次出现一朵云彩，一片芦苇，以及一团沿着萨瓦河飘浮的雾，这团雾随后便融入了多瑙河上更浓重、更快速的大雾。在河对岸，可以看见树林里斜射下来的阳光，那些光线让勒安得耳感

觉到了雾气缭绕的树丛散发的又热又冷的气息。城市又回到了他的视野。他可以看见工匠们正在完成拉古桑教堂：木匠挥着扁斧劈砍，但是劈砍之声只有在斧头反弹起来时才能听到；因此之故，那只鸟才会穿飞于斧声和造成斧声的斧刃之间。这时，勒安得耳发现风竟然激怒了那只鸟，因为它被劲风卷带着偏离了飞行路线；他还发现尽管钟在下方摇荡，钟声抵达却很滞后，仿佛钟与挂钟的金属杆分开了似的。他发现那钟声居然震颤着与那只鸟一起越过了河面，遇上奥地利骑兵的马，那些马在萨瓦河另一边的牧场上竖起了耳朵。接着，他可以追随嗡嗡的钟鸣——它会一路蔓延，如同一片云影——直到泽蒙，并遇上一群牧羊人；他会看到他们因为听到钟声而将他们小小的头转向贝尔格莱德，尽管贝尔格莱德已经重新沉浸在了大河之畔的寂静里。再之后，那只鸟会敏捷地飞来飞去，将这个世界缝补在像天空内衬似的

蓝天里，勒安得耳则倒在其中，如同倒在一张罗网里面。因为它足以打开一道大门，让土耳其骑兵和斩首者攻入贝尔格莱德，并在转瞬间将大河之上的这件宝物，这件毗邻他们的世界并蔑视他们的宝物化为烟尘。勒安得耳不知道——他甚至也不会梦到——在贝尔格莱德的城墙上，他是最后一个巨细无遗地系统观察这座城的人；再过几年，这座城就要踪影全无，永远消失了。

当年十月，勒安得耳的父亲带着他去迎候到这座城里来的俄国人。勒安得耳原想看到枪刺插在靴子里的骑兵，孰料见到的不是军队，而是一辆三匹马拉的雪橇，从雪橇上下来一个身穿肥大毛皮大衣的男子。这个陌生人的鼻孔里塞着两根甜丝丝的嫩罗勒；他从雪橇上下来，直接进了大主教的书房。另一个同来的陌生人跟在后面，把旅行箱和圣像搬了进去。这就是来的全部俄国人。

"那是你的老师，"勒安得耳的父亲对他说，"他会教

你怎么写作。他们要求把所有会在教堂里唱歌的人都送到他这儿。别担心，还有跟你一样既不识字又被战争耽误的其他人呢。他们比起这位教师来也年轻不到哪儿去。可是你要记住，识字的人盯着书本看，博学的人盯着智者看，智者则盯着天空或衬裙看——不识字的人也能盯着……"

就这样，勒安得耳开始学起了阅读、算术，还有一点拉丁语。在这段时间当着学生们的面，马克西姆·特伦耶维奇·苏沃洛夫——这是那位俄国教师的姓名——失去了所有的头发。因为发自内心的顽强不屈的工作，他的额头皱巴巴得好似一只长筒袜子；他的皮肤也变得特别薄，以至隔着闭合的眼睑也能看出他眼睛的蓝色。在课堂上，任何人都能格外清晰地看见一条红色的舌头在他脸颊后面动来动去；而到了休息时间，任何人都能发现在他的耳朵下方，那条舌头竟然因为这个俄国人嘴

里掀起的乌克兰风而颤抖。

"我们这些人全是处在铁锤和铁砧之间的人，我们是在揉捏胡椒粉面包。"他惯于用一种让人费解的半塞尔维亚语——据说那是他的沙皇的语言——忠告他的学生。只有在教他们拉丁语的时候，这个外国人才会暂时缓解自己的恐惧；他热衷于向他们传授根据德蒙斯泰尼[1]和西塞罗[2]的演讲案例发展起来的记忆术，亦即增强记忆的艺术，并用一个大笔记本来讲课；在那个笔记本上，他们神不知鬼不觉地看到一行题字：献给赫仁尼乌姆[3]。依照这位俄国教师的教导，为了熟练记住一篇课文，你必须去回忆一座你经常路过并因此而对之了然于心的建筑物的外观。然后你必须在想象中连续打开这座建筑的每一

---

1. 德蒙斯泰尼（Demosthenes，公元前384或前383—公元前322），古希腊雄辩家。
2. 西塞罗（公元前106—公元前43），古罗马著名政治家、雄辩家、哲人。
3. 原文 Ad Herennium，拉丁语，出自西塞罗的著作 *Rhetorica Ad Herennium*（《献给赫仁尼乌姆的修辞学》）。

道门和窗户，必须对着每一道孔洞、枪眼或天窗，高声朗诵西塞罗的一个长句。如此一来，等到你用你的意识之眼游览遍了这座建筑并向每道窗户和大门朗诵了西塞罗演讲的一个片段之后，你就记住了整篇演讲，而且可以毫不费力地予以复述。借助这个方法，贝尔格莱德的塞尔维亚-拉丁语学校的学生们把西塞罗的演讲《反喀提林》全篇背得滚瓜烂熟；之后，这个俄国人又拿给他们一个希腊爱情故事的拉丁语译本，让他们学习。这是一个诗体的故事，由一位名叫穆赛欧斯的文法家——也可能是一位基督徒——在一千多年前创作完成的，题目是《海洛与勒安得耳的爱与死》。俄国人解释说，这篇诗体故事的原文是用希腊语创作的，1494年在威尼斯出版了拉丁语的译本。正是通过穆赛欧斯诗体故事里的这位勒安得耳，拉达察·契奥里奇——著名的石匠家族的后裔，如今既缺耳朵又上年纪，终于获得了他的新名字，他的

第六个名字。事情经过是这样的：

这个俄国人总是记不住他这些学生的名字。他发现年龄最大的学生——拉达察·契奥里奇的名字念起来尤其费劲。有一次，他向学生们提问：是什么障碍物阻隔在两个恋人——海洛与勒安得耳（由燃烧的火把的亮光指引，他每天夜里从浪涛汹涌的海上泅渡到海洛所在的灯塔）之间。年龄最大的学生——俄国老师念不好他的名字——给了一个意想不到的答案。作为一名商人在君士坦丁堡之行中，拉达察曾到过赫勒斯蓬特海峡，并从塞斯托斯[1]穿过；在塞斯托斯，有人教过他和他那弹

───────────────────────

1. 赫勒斯蓬特海峡，即今达达尼尔海峡，是爱琴海进入马尔马拉海的要冲；塞斯托斯（Sestos），在赫勒斯蓬特海峡的欧洲的一侧，属古色雷斯，系切尔松尼斯半岛的主要渡口。在海洛与勒安得耳的传说中，住在亚洲一侧阿比多斯城的俊美青年勒安得耳和海峡对岸塞斯托斯城的少女海洛相爱，据说海洛是阿芙洛狄忒（一说是阿尔忒弥斯）的女祭司；勒安得耳每晚都会泅渡海峡与海洛相会，海洛则点燃塞斯托斯灯塔的火把为他指引方向；一个暴风雨之夜，海风刮灭了火把，勒安得耳遂溺水而亡，翌日清晨，海洛在岸边见到被海水冲到灯塔脚下的勒安得耳尸体，绝望之下投海自尽。

奏萨恩蒂尔琴的同胞演唱关于海洛与勒安得耳的希腊歌曲，还有人用一块刻着海洛肖像的小石雕替代硬币，作为小费投进他的乐器里。他知道，把欧洲和亚洲分隔开来的不只是海水，还有风——亦即，时间。于是他说，或许将海洛与勒安得耳分开的并不是海水和浪波，而是别的某种东西，某种他们要想抵达彼此就必须掌握的东

西。他心里想的是他在奥赫里德湖上的船中没法触碰的那位姑娘。

"除了水，构成世界的四大元素之一，还能是什么呢？"俄国人吃惊地问道；对此，他年龄最大的学生平静地答道："也许是时间的浪波，而非海上的浪波分开了海洛与勒安得耳。也许勒安得耳泅渡的是时间，而不是海水。"

这个回答在班上引起哄堂大笑，自此以后，拉达察·契奥里奇也一直被以勒安得耳这个名字相称。那俄国人也是这么称呼他的。但这个学生并没有恼火；他牢牢记住了关于海洛与勒安得耳的诗体故事，他还在夜间透过大主教府邸的窗户——在那座府邸里面，他们已经为学习书写搭建起了可爱的临时房屋，后墙上开着小型的窗户——背诵他所喜欢的诗中那些奇异的诗行，而不是西塞罗的演说辞。希腊语的和拉丁语的全

都背诵。

当时，学生们已经开始欣悦满怀地游览和探察正在贝尔格莱德建造的大主教府邸了，它拥有的房屋超过了四十多间。

在这座宏伟的广厦里，日复一日，周复一周，每天早上去学校的路上和每天晚上睡觉之前，在遐想中漫游大厦的时候，勒安得耳和他的同学们都会对着钥匙孔、教会办公室、书房、餐厅和唱诗班的高坛，朗诵一个他们在课堂上学过的句子。参观藏书室的时候——那里有两把分开使用的锁，一把用于从外面上锁，另一把用于从里面上锁；或是参观大主教的朝向西面的卧室，以及参观他的侍臣和客人们的朝向东面（目的是让年轻人可以在长辈之前醒来）的卧室的时候，这些男孩子就会背诵这样的语句："我们究竟是在什么地方？我们生活在什么样的城里？就在这里，就在我们中间，有一些元老，

正在谋划诸位的身败名裂，谋划毁灭这座城……"[1]如此一来，久而久之，潜移默化中，这篇演讲就把自己铭刻在他的记忆里了。"*...Quid enim mali aut sceleri fingi aut cogitari potest, quod non ille conceperit?*[2]他们挥霍了他们的祖产，将他们的土地作押抵债，他们老早就已身无分文，最近连信用也已丧失殆尽，可是尽管如此，他们的欲望却丝毫未减，依然维持着他们生活富裕时候的做派……"[3]

这座府邸的建造尚未完工，但它的厢房却一间连着一间被占用了。那些相邻大厅高耸的圆形拱顶状似鳞片，房间的壁凹处堆着光亮耀目的家用物品：壁炉，镶嵌着花卉图案搪瓷的火炉，天鹅绒和锦缎织物，用卡尔斯巴

---

1. 引文出自西塞罗的《反喀提林》，略有改变。
2. 原文是拉丁语，出自西塞罗的《反喀提林》，意思是"有什么人们能够想象的或做得出的罪恶或罪行，是他未曾想过的呢？"
3. 引文出自西塞罗的《反喀提林》，略有改变。

德、维也纳和英格兰陶土烧制的瓷器，莱比锡产的银质刀叉，捷克水晶制作的玻璃器皿，产自威尼斯的彩色玻璃器皿、枝形烛台和镜子，音乐时钟，以及塞满男人丝袜的箱笼。"因此，走开吧，别再让我遭受这种恐惧：如果我说对了，那么我就可以不再受这些事情折磨；如果我说错了，那么我至少现在可以不再害怕。"[1]课程结束的时候，学生们像背诵祷告文一样背诵着这些拉丁语短语，仿佛他们的俄国教师正在从内部土崩瓦解，就像他们在贝尔格莱德周围看到的那些修道院，被人遗弃，被树丛侵占。当一切真的结束后，这位俄国教师返回斯雷姆，勒安得耳则在一所培养初级军官的奥地利军事工程学校继续接受教育。

正当他在那所学校的学业即将完成时，城里传说要在萨瓦门的两边建造两座塔楼，用来取代在1690年被摧

---

1. 引文出自西塞罗的《反喀提林》。

毁的旧塔。其中一座塔的建造，也就是北塔，已经委托给了一位经验丰富的建筑师——桑达尔·克拉西米里奇，而且他已经把地基打好了。另一座塔，也就是南塔，它的进展可就没有那么容易了。桑达尔那些当时在贝尔格莱德搞建筑的伙伴全都拒绝接受这项工作，因为南塔的建造只能在沼泽地上进行。

"要想到水边，你得先挖坑。"他们这样说。所以，这座塔的建造完全没法顺利开展。就在施工耽搁得太久之时，有一天早上传开一条出乎意料的消息，让所有人都吃了一惊。

那天拂晓，勒安得耳被一股从外面飘进来的令人愉悦的气味给弄醒了。那是他父亲在撒尿；他父亲的尿液总是散发着浓烈的麝香鹿的气息，散发着百合或檀香木园子的气息。这种浓郁的气息会弄醒家里人，弄醒邻居家的孩子。

"契奥里奇又在发挥智慧了。"那时人们就会议论纷纷。事实上，进入晚年之后，勒安得耳的父亲只有在撒尿的时候才会聪明起来。

那天早上，这位父亲一边排出液体形式的檀香木气息，一边斥责他的儿子："年轻时是登徒子，年老了是叫花子！仿佛他不曾在第三天夜里给喂过奶，但愿这样的事没有发生！谁晓得他去了哪里，跟谁一起！他离开一个地方，却没有去到别的地方……"

于是勒安得耳明白他父亲已经知道了。这就意味着整座城也都知道了。的确，勒安得耳已经同意去建造南塔。这就是说他成了闻名遐迩的桑达尔·克拉西米里奇的竞争者；对于后者，鸟儿们会为他在萨瓦河与多瑙河里捕鱼，会把鱼儿赶进渔网，马儿们会用三种语言喷响鼻喷出他的名字，他真是太强大了。

比起勒安得耳，桑达尔·克拉西米里奇算是非常老

迈了。论年纪，他大可以做勒安得耳的父亲；论地位，勒安得耳则可以当他的仆从。克拉西米里奇是在1717年戴着一顶与胡须系在一起的皮革帽盔，跟随奥地利军队进入贝尔格莱德的，到了该卸下盔甲的时候，他只好将胡须剪断。等到卸完盔甲，脑袋终于一览无遗时，他才发现自己的头发全白了。战争期间，他隶属于奥地利军队中的工程兵团，用船只搭建渡桥；到了城里，他就依照瑞士雇佣兵尼克拉斯·道克萨特的工程图纸，加入被摧毁的要塞与塔楼的重建。除了在历次战役当中获得的知识，他在这方面所受的训练并不多；不过即使在和平时期他也保持着军人的自信，还受托在城里建造了若干家小型面粉厂和货仓。这些项目的建造都是在秋季进行的，雨水灌满餐盘的速度超过了工人们吃完盘中食物的速度，尽管这样，桑达尔还是完成了这些工程。对于战争之后发展扩建中的城镇来说，特别需要他掌握的手艺；

而随着字母"r"从月份名称的尾部离开，他和他的助手们走得离家乡越来越远。

"在名字不含骨头的这几个月里，不用盼着我回家。"克拉西米里奇对他的妻子说；而且，真的，一旦字母"r"从月份名称中消失不见，桑达尔和他的助手们就会离开他们的家人，再次相见得等头场豪雨降临，等到九月份，宣告他们休息的那个魔术字母会再度出现在年终岁末的时候。

桑达尔·克拉西米里奇按照他掌握的方式，与习惯了他的人们一起开始建造他负责的那座塔。他把一枚金币塞进面包，再把面包沉到多瑙河里，然后就开工了。建塔专款已经准备好了，因为市镇当局了解他，还极其慷慨大方地把桶装的盐巴和铜锅装的美酒送给他。但是勒安得耳却必须先在沼泽地上抛撒砂石；换句话说，他建塔用的是"乳汁一样的泪珠"，而人们对此并不在意。

那些熟悉桑达尔·克拉西米里奇的资金掌管者总是躲着这个年轻人，躲着这个迷失了自己的道路、如今加入到其他人的行当中来的年轻人，他不曾在战争期间抛洒过鲜血，大地也没有把鲜血偿还给他，然而他却承接了桑达尔·克拉西米里奇认为绝难实施的工作。因此，从一开始，就可以说勒安得耳是自力更生地建造他那座塔的。

随着两座塔楼的第一层拔地而起，立刻出现的一件事是人们聚集在桑达尔承建的塔的周围。他的伙伴和奥地利的工匠们都对这座围着脚手架的新建筑大加赞赏，早餐让他们的下巴显得油腻，咖啡令他们清醒活跃。

"咱们的眼睛还从未尽情欣赏过美，咱们的心也从未激动得不能自已，可是瞧瞧桑达尔的建造吧！这是奇迹啊。"他们一边议论，一边抚摸那像面包的腹部一样红润的石头。他们抓住自己脖子的后侧，测算未来塔楼将会攀升的高度，同时对建筑师赞不绝口。

这段时间，勒安得耳把一条船拖到他的建筑工地当中的沼泽地上；这条船或多或少还算干燥，他吃饭、睡觉就在船上，但多数情况下却是看着他的图纸、算式和标尺——他把这些东西在手臂上摊开，甚至带着它们爬上脚手架，那脚手架就搭在塔楼的里面，如此一来，人就没法继续在外面干活了。

夜里，他会在船头点亮灯盏，借着灯光从塔楼的内侧进行建造，仿佛他是在黑暗里向着某处航行——不是沿着河流，可以听到河水的喧嚣；而是向上，航向那看不见的云层，那云层被风或新月的弯钩撕碎时也会咆哮。他感觉自己像是被安置在一条船的子宫里，一辈子停泊在一个他从未见过的码头，唯一的出路仿佛就是通过仅有的一道舷窗，直达死亡。现在，突然之间，这条未知水域中的船只开始移动，扬帆驶向同样无法看见却惊涛起伏的汪洋大海。

他必须万无一失地在黑夜中航行，只在自己的梦境中观察他人的梦。凭着如此这般的感觉和用烛光做的测算，勒安得耳从黑暗中费力夺取他的塔。在测算的过程中他得出结论：在天堂和人世只有几何体才拥有相同的价值，尽管它们可以用符号来指代。这一点并不适用于数字。数字的意义是变化不定的，勒安得耳认识到：在建筑过程中他必须考虑到数字的本源，而不只是考虑数字的瞬间价值。因为，就像金钱一样，数字的估价在不同的条件下也会不同，所以他认为，它们的价值并非是恒定不变的。不过，有一度他似乎确实动摇了，几乎要放弃那个蓝眼睛的俄国人——他的眼睛在睡梦中会变颜色——教给他的全部计算方法。忽然之间，他觉得桑达尔·克拉西米里奇运用数字比他更目的明确，他的竞争对手曾接受教育的那所瑞士学校也胜过了他的拜占庭学校。的确有一天早上，一些工人从萨瓦河边跑来，向桑

达尔·克拉西米里奇报告说他承建的塔楼高出了城墙，而且在河面上有了倒影！转眼工夫，消息就在城里传遍了。一场盛大的欢庆已经筹划出来；勒安得耳感到被打败了并落后于人家，便悄悄地叫一个赶骡子的人去看一看是不是在萨瓦河里也能看见他所承建的、靠南边的这座塔。赶骡子的人漠不关心地回答说，勒安得耳建造的南塔当然可以从河上看得见，而且已经有很长时间了，所以毫无必要下到河里去看。大约在同一段时间里，勒安得耳注意到他对工程管理人员和工人的需求正在增长，他所雇用的同行和校友正在瓦解，一个接一个地从建筑工地上消失了踪影。

桑达尔的那些跟他在同一时间并用同样方式来到贝尔格莱德的朋友当中，有一个名叫希什曼·伽克的人。他对建筑和星象都很精通，却不再搞建筑。他认为成就应该反映做事者的才能，如果这种正比不存在了，工作

甚至都不值得开始。因此他把黑夜留在嘴里，在一座废弃的宽敞房子里定居下来；那座房子紧邻奥地利人的一个火药库，很危险，因为，尽管在里面不能让一点火星碰到那个火药库，相反的情况却总是不可避免。由于不受干扰，伽克把他的书、仪器、双筒望远镜和皮质地球仪都摆在那座房子里，并且（人们都这么认为）一边寻找黄金雨和阴性的星星，一边在闲散中消磨时光。

"连鸟都会跌倒，更别说人了。"这话讲的就是他。邪恶的舌头还添油加醋说：实际上，他无法将他浩瀚的知识从一个地方转移到另一个地方。在搬家的过程中，他的知识像冰块一样融化了；只要出了他的火药库，在每一个新地方，他都会变得孤立无助并空虚，他的技艺也会变得不稳定、不可靠，他对名称和数字的记忆也会背叛他；所以，不能再指望他干什么了，因为他的举止就像一棵移植的植物。一天傍晚，当建筑工地上的人们

都离开之后，此公——他的眼睛在谈话中明显衰老了，头发上也总是爬满了苍蝇——出人意料地来到工地，看了看勒安得耳建造的塔楼。他舔了舔岩石，用手指检验了砂浆，在石灰里撒了一点草，然后闻了闻，还把三根手指放在一个墙角，测了测空气里的东西。最后，他对勒安得耳说道：

"一只耳朵代替了枕头，还有这么多的工作，这么多的知识，"他发出感慨，"我不知道你是在哪里在什么时候学到了这么多东西，但是要小心啊！没有人知道早晨在哪里结束：在篱笆后面或阁楼里面。你把脚手架搭在里面，这是好事儿。我们周围的人将会带着不自在的眼神看到你比桑达尔建造得更快更好。应该尽可能长时间地掩藏这件事……"

伽克就是这么说的，人们都知道他把自己的白昼播种在了黑夜里。离开时，他又转过身来说："你想得到一

些建议吗？友好的建议？是这样：等你造完这座塔之后，不要再去建造任何东西。你会因此活得更快乐。毕竟，你已经展示了所有应该展示的东西。别再建造了！"

随后他就离开了，勒安得耳则继续干他的工作。因为越来越孤独，他有时会寻求陪伴，结果在萨瓦门的另一侧找到了许多。他第一次出现是在桑达尔承建的塔楼高出城墙的庆典期间，人们很好地接待了他。他像往常一样在背后洗了洗手，然后加入了人群。有一些勒安得耳的同辈，从前跟勒安得耳一起干活、如今却已投到了桑达尔·克拉西米里奇这边，他们带着他四处逛了逛，热情洋溢地向他展示并解释了塔楼顶部的砌筑技术，那里墙体的方形部分正在变成圆形。对桑达尔的塔楼大唱赞歌的那些人中间也有伽克，但是，跟其他人一样，他既没有提到勒安得耳的塔，也没有说出勒安得耳的名字，仿佛所有人都把这些给忘记了。

有一些奇怪的人，他们震惊的时候会哈哈大笑，痛苦的时候会把眼泪吸进鼻子并只管打喷嚏。一些女人被勒安得耳认了出来（尽管她们没有认出他），因为他曾经——有时候是匆匆忙忙的——跟她们在黄昏时分从田野归来的干草车上睡过；他会付钱让车主人下车，并把满载干草的大车留给他们这对新建立交情的情侣用半个钟头，一直到大车抵达城门口。那些女人转眼就把他忘了，因为看一眼就知道他这种男人只要进入了她们的身体就会沉得像座大笨钟，心里却还想着：幸福就是你爱的工作，也是你爱的女人。女人并不喜欢这种人。所以她们就去找桑达尔·克拉西米里奇和他的建筑工人，在那里得到她们需要的东西。对于把精子排泄在干草上而非她们体内的勒安得耳，她们议论说："他父亲，只要抓到一条大鳇鱼，会整夜都操它，直到第二天把它烤烤吃了。这一位根本干不来这种事。"

那天晚上，在满怀好奇、让欣赏桑达尔造塔进度的人数增多的另一些人中间，勒安得耳注意到篝火后面有个人影，肩上扛着一张有红色绳结的吊床。那人穿着高筒的船夫靴，在人群里徘徊了片刻，然后遁入黑暗，从勒安得耳眼前消失不见了。

"他去把死人埋葬在船上。"有人大声地议论；于是，经过了数十年的努力，勒安得耳终于明白了父亲的实际生活，明白了他是靠什么养活他自己的。就是靠死人啊。

勒安得耳仿佛什么也没听见似的问道："你们怎么做到方形墙体向圆形塔顶的过度呢？借助角拱或者穹隅[1]吗？"

"借助角拱。"一些人回答说。"借助穹隅。"另一些人心里说。他们全都转向桑达尔，但桑达尔正忙着参与另一场谈话，他只是倨傲地微微一笑，好像这个问题不

---

1. 穹隅（pendentive），建筑术语，指交叉拱顶中的支撑墩。

合时宜。

夜里，勒安得耳回到自己那座塔，把一根蜡烛插进面包，躺在船上，头枕像蛇一样盘起来的辫子，凝视着矗立在房间里面窗户旁边的庞大矩形蛋糕似的黑暗。他躺在那儿，等着事情发生。他预感并且期望：有些事情必定得发生，必定得改变。黑夜无处不在，连他的耳朵里也是黑夜；黢黑之中听不到任何动静，黑暗就是聋子，散发着大地的气息，以及喝过酒的嘴巴的气息。一只金龟子飞进他的无袖外套，嗡嗡地乱闯，就是出不来。"在这样的夜晚，"勒安得耳心想，"连狗都不咬人，只有跳蚤，就像你有一件满是星星的衬衣，在你身上扑闪。你没看见的一切已然流逝而去……"

接着，他起身，吹熄蜡烛，在黑暗中摸索到塔楼的墙。墙就在那儿，冷酷而真切；墙体存在的程度跟他本人的存在是一样的。到了早上，果然有事情发生了，恰

似埋在地下的一只钟在暴风雨中突然嗡嗡地鸣响起来。

　　来客举止小心谨慎，既不让任何东西绊倒，也不为各种手柄困惑；他快速而利落地坐下，好让所有东西都尽可能显得自然而正常，仿佛这种情形在以前发生过多次，完全算不上超常或奇怪。桑达尔·克拉西米里奇牙齿咬着自己的小胡子——就像人们说的那样，亲自拜会了勒安得耳，不是在勒安得耳的建筑工地，而是在河岸边上他父亲的渔夫小木屋。他们坐在木桶上，双手捂着膝盖，从他们的鞋尖开始交谈。话说了一半，桑达尔从袖管里抽出一卷文件和图纸，然后像是要穿外套似的用手抓紧衣袖，擦去纸上的灰尘，交给勒安得耳说："这是我做的算式和蓝图。我不认为上面的所有东西都是绝对正确的，不过你很容易就能检查出来。是井就有泥。帮我一个忙吧。要是你的塔楼在我的之前竣工，那在所有人面前都会很尴尬……"

　　说完这些话，这位访客走到门口又回转身，若无其事地补充道："顺便一说，请给我把支撑圆形穹顶的角拱草图画出来。我很着急，却又没时间去做。"

　　就这样，勒安得耳发现桑达尔并没成功做到把塔楼方形部分的支撑物转换成圆形部分的支撑物。

　　"好吧，草场长牙齿了。"他心里说，然后做了所有需要做的计算，但他无法纠正已经建筑好的那些部分，因为差错已经造在了地基里，那样的地基支撑不了设计构想中的塔楼。第二天早上，勒安得耳到桑达尔那里，带去那些文件和修正，同时想起传闻说桑达尔·克拉西米里奇的寓所从来没有狗进去过，因为它们感觉到了桑达尔的强烈厌恶。勒安得耳坦率地告诉桑达尔，塔楼必须立即完工，因为再高就没法支撑了。桑达尔以不同寻常的平静接受了这一切，收起他的文件，谢过勒安得耳，然后抱歉自己不得不赶紧离开，因为学生们正在等他。勒安得耳看到，在桑

达尔的建筑旁的一间仓库里，依照来自大主教府邸的命令临时安排了建筑课程；在桑达尔的学生当中，勒安得耳认出一些人曾跟他一起学习、研究过怎样让塔楼的方形部分转换成角拱，再由角拱过渡到圆顶。

正如勒安得耳预料的那样，桑达尔的塔楼不得不在未达到瞭望塔的规定高度的情况下完工；然而桑达尔的朋友们，城里的教士、亲王宫里的士兵和酒馆里的其他人，隔着抽烟时喷入烟雾的酒杯侃侃而谈，都说这位建筑师在预定日期之前完成了他的工作。得出的结论便是：桑达尔已经胜过了萨瓦门另一侧那个"气喘吁吁"的石匠，勒安得耳的建筑工期要拖后了。

桑达尔的北塔隆重地覆盖上了铅。在给塔楼祝圣之前，指派了一名弓箭手来确保不会有乌鸦从上方飞过；烤炙了一头公牛，把稻草人关进了新的建筑里面，塔顶上安放了一只公鸡风向标。到第二天早上，桑达尔的塔

楼将一片阴影投到勒安得耳的南塔上面；自此以后，勒安得耳就在那片阴影里进行工作。伴随着连多瑙河与萨瓦河的对岸都能听到的欢庆之声，北边这座崭新的建筑向公众开放了，而勒安得耳仍然在南边那座塔楼底部的船上过夜，他的塔楼甚至还未达到应该由方形墙体转向圆形的程度。工作接近尾声的时候，他已经没有助手、没有款项，孤单得如同面团里的一根钉子，而且每天早上士兵们都会警告他不要把那幢建筑的周围搞得乱七八糟，他会因为弄脏街道而被罚款。朋友们都避免在塔楼里喝西北风，所以只有不多几个泥瓦工跟他一起干活，而这些人都是为了不至于沦落到吃稻草的地步，从土耳其边界偷渡过来赚几毛钱，然后在周末用衣服裹住船桨，乘着夜幕划船回家，他们生活清贫，而且寡言少语。

孤单并待在高处会把人变成哑巴，勒安得耳在嘴里像咀嚼苦涩的水果一样咀嚼自己的舌头；他跟自己的手

和石料说话，有时候他会觉得：一个词如果没有某种坚硬而沉重的东西来支撑，一个词如果不是某种东西的名字，这种东西如果可以搬到坚固底座上面或是从一个地方移到另一个地方，那么这个词就会像一只没有脚的鸟儿，无处栖落，只会在水上筑巢并孵养雏鸟。

一天夜里，他在那只船上躺下，感到脉搏贴着木板咚咚直跳，头发让他疼痛，高烧使耳尖灼烫，霜寒从内部刺穿了骨头；他终于意识到自己这一辈子的身体里一直有个可怕的冬天，就像任何地方的镜子都伴随着寂静。夜从塔楼另一侧的某个地方流逝，雪越积越厚，他父亲就在这时候带着消息来了。老人家坐下来，给儿子煮了草药和玉米茶，然后隐身到塔楼角落的某个地方，跟一个陌生的、对病人来说同样是看不见的对话者交谈。

"第一口喝的、第一口吃的都应该丢给魔鬼，"勒安得耳的父亲在火堆另一边的黑暗中叹息道，"可是如果

有人偷了自己的帽子并去乞讨面包，他怎么可能丢掉这些吃喝呢？我记得，在乳牙还没换完的时候，我就已经拿着麻袋离开了，一边乞讨，一边往袋子里塞东西。从这里到**无归之乡**，再到**天涯狼窝**，然后返回。我要带回一百口面包块，把它们倒在桌上。油煎面包丁，硬面包皮，碎面包块，糕饼屑，小碎渣，小零食，苹果渣，泡过的面包，变馊抓饭里的隔夜黑麦面包，前天的小薄饼，黍子玉米饼，荞麦饼和果酱饼；丢弃的馅饼和变酸的'神之脸盘'，燕麦面包和军用大饼，犹太人的无发酵饼，修道院为口感不硬而掺了香草的月用面包；鱼肉粉面包和荞麦饼；不带芝士的玉米面包和没有脆皮的玉米面包；半生不熟的双层面包，塌瘪的蜜汁泡芙，发霉的三角酥饼，万灵节[1]挂在牛角上的燕麦面包圈，祖母的叹

---

1. 万灵节（All Souls' Day），基督教每年11月2日追思死者的节日，亦称追思节。

息，前次战争的弹药饼，圣徒纪念日废弃的糕饼，变味的松饼，'快乐汉'面包——最好别念出这面包的大名，要么是那种面包，叫做'老爸-给我-买了——块—椒盐脆饼-可—我—误以为-没有-面包-把它-吞了'的；面包干和烤面包，硬面饼和送到伊斯坦布尔去买回脑袋的蛋糕，发酵面包和圣饼，糟蹋的面包，面包屑和大面包；燕麦饼，小米饼，黑麦饼，圣餐仪式上的圣饼，还有大麦饼，柔软细腻又没有碎屑，有馅的和没馅的软皮蛋糕，枯成团的玉米粥，少不更事的大叔和一大堆屁话，肠子和屁股——几乎所有在饭桌上唠叨过的话：'把那玩意儿拿走！'——从世界各地来到你的饭桌上，告诉你昨天世界是什么样和你的明天将会如何。你必须用不同的方式对待每一口吃的；如果你从火炉上拐走工匠吃的大面包，晚上把它放在脑袋下面，那你将会富足三日！它在你的耳朵下面发出轻微的爆裂声，当你将它撕开时，它散着

温热，发出哈欠似的声响；而你，吃饱肚子，盖着铺盖，睡在它上面，在睡眠中打着饱嗝，还梦见葡萄酒。一罐一罐的酒，成桶成桶的酒，整车整车的酒。不是随便什么地方的一滴眼泪似的酒！……"

"咱们穷人就是这样的。不过，这似乎也不是糟糕得不得了，现今就连那些比咱们优越的人也在遭受各种不幸。最近，鹳鸟用它们的影子给城里的水井下了毒，数不清的人丢掉了性命。两个男人甚至用两匹马当中的毯子把克拉西米里奇抬到大主教府上，送进草药治疗室。他也累垮了；人们议论说，建造那座塔楼的漫长工作把他榨干了，建筑工程吸光了他身上的汗水，而这种状况绝无好处，因为一个男人没有汗就像一个人没有影子。对于连手指甲都完美无瑕的人来说，这是多么的不幸啊。他的头发应该重新种植，他就是那么了不起。他的年纪也很好，就像一个孕妇总能自豪地结出果实。真是遗憾

啊，为了人民和这座城的福祉，他本该活上两辈子，可是，瞧，对该在意的事情就是没在意。不过，托上帝的恩典，我希冀他能痊愈。我同样冀望，我的躺在这儿的儿子也能痊愈，他喝了太多不干净的水，变得虚弱无力……"

这时，这股不咸不淡的言语之流骤然干涸了，老男人契奥里奇，勒安得耳的父亲从塔楼前面走出；接着，从黑暗中忽然飘出檀香木不可思议的、到处蔓延的气息，迥然不同的言语也随之出现：

"你以为你就这样死了。你躺下来，一命呜呼。可事情没有那么简单。我们身后和生前的一切事物延续的时间都长过我们的想象。比如说，你知道心灵和灵魂之间有什么区别吗？当我们用我们的内在之眼审视心灵时，我们看到的是心灵在此刻的样子。当我们细察我们的灵魂时，我们看到的是灵魂在数千年之前的样子，而非它

当下的样子，因为我们的目光抵达灵魂并加以观察所需要的时间就是这样长；换言之，灵魂之光需要这么长久的时间才能抵达我们内在的眼睛并照亮它。正因为这个，我们有时会看到一个很久未见的灵魂。如果灵魂的情况是这样的，那你就可以想象死亡是怎么回事了。人类的死亡和人类的生命所延续的岁月正好一样长，甚至可能还要更长一些，因为死亡是一个复杂的事件，是比人类的生命更加艰难与漫长的一种工作和一种努力……你的死亡延续的时间是你活着的两倍……"

然而，在这个关键时刻，随着老人家的思绪陡然中断，他内心里的另一股思绪也走向了枯竭；从这时起，从勒安得耳父亲嘴里再次发出纯正的胡言乱语。

勒安得耳倒是真的康复了。夜半时分，他的鼻翼突然就张开了，在漫长的数个星期中他第一次吸了口气，并为自己身体所散发的、好像人就要死了的异样而强烈

的气息感到惊讶。他感到在这段时间里，自己有过数不
胜数的梦想，可是全都已经记不起来了，就像萨瓦河的
河岸表明浩荡的河水在从前的夜晚曾经轰轰隆隆地流过，
尽管没有人数过黑暗中有多少波浪。随着第一波蝴蝶出
现，勒安得耳走到外面有斜坡的草地上；在他看来，河
面非常高，比河岸还要高，他待在小山坡上只是因为有
奇迹。由此，带着沉醉的耳朵和清醒的眼睛，他继续进
行塔楼的建造工作。

仿佛做了一场梦，勒安得耳完成了塔楼的建造，在
靠近这座建筑顶部的地方开了几道窗口，在接近底部的
几处开口安装了百叶窗和大门；他猛然意识到，自己不
知不觉中像从前做学生时那样，对着墙体上的每一道开
口背诵了一段诗句，一段出自诗体故事《海洛与勒安得
耳》的诗句：

勒安得耳的眼神因为爱情而热狂，

目不转睛地盯着年轻姑娘精致的脖颈……

不过这一回，他背诵诗句并不是为了记住整篇诗。他早

在很久以前就把希腊语的这篇诗歌记住了。现在他是最

后一次背诵关于海洛与勒安得耳的这篇诗，并从此以后

会彻底忘却这些诗句，将它们遗留在他像把秘密埋藏在

洞穴里一样建造的这座大厦里。

Κὰδδ' Ἡρω τεθνηκε συν σλλυμενω, παρακοίτη

ἀλλήλωυ δ' ἀπόναντο καί ἐν πυμάτω, περ

ὀλέθρω.

"这个世界已不再属于我们了，"这个石匠心想，"而

是属于我们的父亲和他们那一代人，从他们的感受和行

为举止上，他们俨然就是这个世界唯一的拥有者。我和

我的同辈们都是，而且依然都是不幸的小仆人，从属于

那些靠着手中马刀的帮助来到这座城的人，以及那些随着外国军队渡过河来的人。从父辈那里，我们得到的不仅仅是小仆人的地位，还有一个焚烧的、半毁灭的世界，一个饥荒不堪的童年；那些将这种小仆人地位赐给我们的人，又把这种地位变成我们仍然在做奴隶的荣耀。而我们自己，只是在这里对着窗户和我们要通过的门洞念叨几句话……"

当塔楼完全竣工、公鸡风向标也被安放在塔顶上面之后，勒安得耳拿着一杯葡萄酒，心怀为这座建筑祝圣并从高处俯瞰这座城的愿望，爬了上去。但是在他下方的深渊里根本没有城市。萨瓦门南边这座塔楼的顶部早已钻入云霄，从塔顶看不到地面上的任何东西。那里为深沉的死寂所笼罩，犹如一片溢出的池塘，只是偶尔被从下方深远之处传来的狗叫或斧头的叮咚声所打破……

与此相应，人们从地面上也看不到塔顶，看不到

那只被认为是向市民们表明时间和风向的公鸡。勒安得耳既困惑又恐惧地爬下塔楼。聚集在塔楼脚下的人们，举目凝望着塔楼藏在寂静天空中的无限高度。随后人群散开了，人们嘟嘟囔囔地抱怨谁也没法晓得他在云层里做了什么。只有希什曼·伽克来到他跟前，握着他的手，喃喃自语道："太壮观了，举世无双；现在你无需再去建造任何东西了。都留给别人去做吧……"

然而，勒安得耳的痛苦并没有就此结束。在春天，每当天空澄澈无际、人们可以极目远眺之时，两座塔楼会同时向城里的居民露出真容：一座塔在太阳下熠熠闪耀，另一座塔显得有些阴沉并摇摇欲坠。人们也观察到塔顶上的两只公鸡风向标并没有表示出同样的时间。桑达尔那座矮小塔楼上的公鸡风向标一直在转动，每分钟跳跃一下，表明有了新的风，对任何风都很灵敏，即便

THE INNER SIDE OF THE WIND

是最轻微的风、和煦的气流和变化莫测的风。勒安得耳那座高大塔楼上的公鸡风向标表示的则是属于它自己的另一种时间，它自己的一些状态显然与它自己辽阔的视野有关，与不会吹到地面上的烈风有关。

"从那样的高度，你没法清楚地看到任何东西。"有人议论说。

"让视力超负荷也没有好处；咱们为啥得需要两个公鸡风向标呢？"还有人有时会觉得疑惑；有人提议勒安得耳造的南塔应该降低高度，变得跟桑达尔·克拉西米里奇的北塔一样高低，这样它也可以满足这座城的日常需要。当两座塔楼被镂刻在一块铜板上，以便能用这块铜板印出有贝尔格莱德城市样貌的地图时，雕刻工——那位俄国人的一位学生——把勒安得耳的塔楼缩小了一些，同时把桑达尔（正是他把这项工作委托给了这个雕刻工）的塔楼刻得比实际比例稍大了一些，从而

让两座塔楼能刻在同一块铜板上。正是这块铜板把勒安

得耳再次——也是最后一次——带到一个追寻了他一辈

子的马刀手面前。只不过，他这次遇到的是一个马刀手

之中的马刀手。

3

在为基督施洗的先行者圣约翰的纪念日，勒安得耳给自己修建的塔楼举行了祝圣仪式，描绘盘子里施洗者被砍下的脑袋的圣像被举着绕塔楼一圈。两个星期后，因为想起另外那幅同样的圣像，勒安得耳启程踏上他最后一次的旅行。他以返回去经商为托辞，前往杜布罗夫尼克去找另一位预言家来占卜他的命运。风的内侧，风从雨中吹过时没有淋湿的那一面，也需要加以观察。从勒安得耳发给一位我们不知其名者的书信判断，在这趟

旅程中与他同行的，跟从前一样，是狄奥米德斯·苏博塔。勒安得耳的书信内容如下：

"去年的一天下午，大约是把奶酪放进油里的那个时间，狄奥米德斯·苏博塔和我出发去拜见那个知道怎么吹嘘梦想的本雅敏·柯恩。据说，夏天他在牧场上把奶牛的奶挤到一只牛铃铛里，冬天他在背地里展示一种让人失去理智的图画。我们发现他坐在窗户旁边，正仿佛透过枪眼似的透过他的微笑进行观望。我们请求他让我们看看那幅画，他同意了，但条件是我们每人必须付给他一枚金币。他还以空间逼仄为由，不许我们两个都待在里面。狄奥米德斯先到里面，这过程中显得病恹恹的，就像他在我们青年时期的表现，当时柯恩已经在一辆绕着市场转圈的马车上装扮好了。他在里面待的时间不长，甚至还不如公鸡两次啼鸣的间隔长；当他突然冲出来时，脸色灰绿，一到街上就把掺着科洛舍普红葡萄酒的鱼和

橄榄呕吐了出来。我没让自己害怕，走了进去。到里面就像上了一条船，挂在天花板上的灯盏摇曳着，如同是在浪波上。在桌上我看见一只通过枪管上发条的时钟、一个书写匣子，以及一张纸——柯恩正在上面写东西，当然我也尽力把他写的都记在了心里；当你读到我的信时，也许你会发现这不无益处：

"'说到无以复加的重要性，'柯恩写道，'需要考虑的不是人的记忆，而是猎狼犬的记忆，因为后者的记忆更为深邃，更为持久，也更为精确。而且它不像人类的记忆那样需要解释，相反，它是时间里的一种庇护所。'

"'你要价为什么这样贵？'我问他。

"'因为我的视野包含着快捷的秘密，这类秘密几乎都是在眨眼间发生的。'他哈哈笑着回答。

"'我的快捷的秘密是什么？'

"'正如每个人都是某一个人的孩子，'柯恩答道，

'因此每个人都必然是某一个人的死。正如某一个人的生命通过在你身上获得实体而被重复，所以某一个人的死也将在你身上得到转生和实体。也就是说，这种继承而来的生和这种继承而来的陌生人的死，将会在你身上像又一位父亲和母亲那样婚配结合……简而言之，当死的时刻到来时，一个男人永远无法肯定他的死的前身其实是他自己的死，而不是其他人的死。一个女人，或许……不过，还是看看你本人的情况吧。'

"随后柯恩在地上展开一张纸，一张像一面小风帆那样大的纸，画满了图像，布满了小小的人物，看上去在成群结队、成百上千地干着什么事情，每个人物忙碌的工作又完全不同。这张图画的边缘，有一些用红墨水写的关于笑的教诲。第一句是这样的：'男人第一次笑是在诞生之前四十天的时候，最后一次笑是在死了之后四十天的时候……'剩下的句子字迹潦草、难以辨认。我往前凑了

凑，仔细察看这些画在一片片纸上的害人虫——这些纸片被柯恩黏合在一起、组成了一张如同地图一样大的大纸，这时我才发现他们是结成无数个群体的士兵和密探，从四面八方蜂拥而入，屠杀那些被判了罪的人。每个被判罪之人都是在他死的那一刻被画出来的，纸片上这样的死之情景数不胜数，多得就像牧场上的鲜花；这些临死之人形形色色、千姿百态，每一个都由自己的死出发审视着其他某个人的死。他们的死所发出的格格之声让他们哽咽，让他们像骆驼一样发出尖叫，但这种喊叫从图画上是听不到的，它转向了内部，进入被判了罪的人的体内，像把刀子似的撕碎他们的内脏……在仔细察看这张纸的同时，我问我的东道主是什么东西让狄奥米德斯那么害怕。他回答说：'选择他做过的方式，你就会明白。'

"'选择什么？'

"'选择你从哪一边去看。瞧，这里，顺着这幅画的

下沿，士兵们排成了队列，他们全都注视着你，就像你是他们的指挥官，都在等你发号施令。从他们当中选择一名，随便你选择哪一名，做你的向导和护卫，然后仔细观察发生了什么事情。'

"我挑选了一名小鼓手，因为他的眼睛在说话，而那些话是可以看见并阅读的，仿佛他的目光正把那些话镌刻在空气里：'正如同存在灵魂的迁徙，也存在死亡的迁

徒。’刚一读到这句话，我就发现，尽管这名鼓手的眼睛看着我，他却用小鼓槌斜向指着士兵队列上方的某个东西。我的目光顺着那根小鼓槌所指的方向越过画面，停在一名刚接受了一项命令的士兵身上，命令写在一卷纸上。然后我看到，在下一个十字路口，他把那份卷纸上的命令交给一名骑兵。这个情景附带着一条注解：这名骑兵的马鞍里塞满土耳其人的头发。接着，我看到那匹马驮着这位信使穿越图画上大群的乌合之众，冲向一座俯瞰大河的城镇，土耳其人和基督徒之间的一场鏖战正在那里进行。在城镇那儿，那个人跳下马，徒步奔向一座塔，塔楼上写着‘马赫鲁斯’[1]。那人走进那座建筑，却把那份卷纸遗留在外面的地上。写在卷纸上的句子是：‘你将死于大火！’这句话的下方是日期：1739年4月22日。

---

1. 音译，原文为 Maherus。

"'瞧吧，你选择了你自己的死，'柯恩对我说，'你会像那个走进塔里去的人一样死于大火。倘若你看的不是那个鼓手，而是在图画下方排成队列的其他士兵当中的某一位，那么那位士兵定会将你带去不同的方向，定会接受一项不同的命令并把命令传递给第三个人；那样的话，你定会去往一个完全不同的方向，并以一种不同的方式结束，一如不同的裁决书上所写的那样。然而这就是你的死，你也不需要更好的死。总之，跟一个人的耳朵讲话是没有用的。上帝自己跟他拣选的人讲话会口对着口，而避免对着那些不可靠的耳朵……'

"'那么那个日期，'我打断他的话问，'就是我死亡的时间吗？'

"'是的，是那个时间。'他告诉我。

"'狄奥米德斯·苏博塔也看到他自己的死亡日期了？'

"'他已经看到了。'他说。

"'那他的时间是？'

"'他的时间非常近了……'

"我走到外面的亮光里，在门口使劲儿揍了柯恩。柯恩只是从地上捡起他的帽子，用并不深邃的眼神看着我，说道：'你应该感谢我。让我再告诉你一些别的事吧。从今往后咱们就是兄弟了，因为咱们的死是姐妹。'

"好啦，你都知道了，这就是全部经过。

"然而，在这一年的六月，如你所知，狄奥米德斯乘坐茨莱弗雷亚·巴季奇的船，在诺维遭遇大风，以致全船倾覆。狄奥米德斯淹死之后，我一直数着我的日子。最后我又振作起来。我再一次找到柯恩，请求他撤销或是变更在那张图画上的塔楼前面、被我们当作我们的共同之死而看见的东西。从他的胡须，你可以看出他想要说什么话：

"'这超出了我的能力范围，'他说，'那个日期无法

更改。我所能做的只是在我生日那天送一份礼物给自己。我会让我的三个灵魂当中的一个灵魂多活两天。我会从我的另两个灵魂那里挪走这两天，而它们会少活两天……'

"然后他拿出那张图画，作为替换，在上面标注了一个新的日期：1739年4月24日。

"'那么我呢？'我问。

"'你没有三个灵魂，只有一个，所以你不能把死一分为三。'"

好友狄奥米德斯·苏博塔死了，也去过杜布罗夫尼克并且得悉了关于自己命运的新预言，这种情况下勒安得耳踏上了回家之路。在旅途中，他像做祷告一样自言自语："主啊，我感激你，你赋予了成长以时间。进入无

限。你赋予了它成长与死亡的空间。因为存在死亡，却没有出生。时间不是诞生，但它却会死亡……"

在多瑙河畔一个接近贝尔格莱德的地方，勒安得耳被俘了。走到他跟前的那个土耳其士兵动作轻柔地从他的头发底下找到他的耳朵，说："这肯定就是他。一个肚脐眼替代了耳朵。把他带给奥舒兹·阿戛[1]大人吧。他寻找这家伙已经很久了。"

"何时我会思考：我已活了多长时间；何时我会去想：时间到头了！"奥舒兹·阿戛大人一边抄近路匆匆赶往贝尔格莱德，一边咬着自己的胡须喃喃自语；当时，1739年，奥地利军队在两条多瑙河交汇处（从阿耳戈英雄时代起，流经此段的萨瓦河一直被称作"西多瑙河"）那里布下重兵，严阵以待。在奥舒兹·阿戛大人的队伍里，人人都知道这位指挥官起过誓，要抢在其他土耳其

---

1. 阿戛（Aga）：用来指土耳其军事长官、地主、老爷。

小分队之前进入这座城，并冲进敬奉圣母马利亚的胡齐察教堂。正是由于这个原因，这支小分队在从东方到西方的路上才快马加鞭，加速前进，好在太阳照射到战马的眼睛、逼得战马侧身而行，从而大大降低每天的行军速度之前，尽可能多赶一些路程。

"重要的是你经由哪条路径抵达你的目的地。"指挥官心想，然后为他的队伍选择了一种特别的方式，他做选择的方法也格外出人意料。1709年，奥舒兹·阿戛大人，闻名遐迩的马刀手与砍头人，曾在普鲁特河[1]一带与俄国人作战，见识过那些俄国将军除了带着幕僚参谋人员，还带着他们自己的芭蕾舞团、唱诗班和剧团，在战争期间为他们提供娱乐。自那时起，他在自己的部队里也安排了歌手和鼓手，现在他们的工作就是：根据他们奔向贝尔格莱德途中必须经过的地点的名字创作一支歌，

---

1. 普鲁特河（Prut）：欧洲东南部，摩尔多瓦的地名。

告诉唱这支歌的每个士兵行程还有多远。那些歌手抓获敌方的基督徒密探和向导，然后依据他们的供述，为每段行程创作一节新歌词；整支歌就是由部队前进时所经过的那些地点的名字串联而成的：

> 科兹拉，布赫劳格，雅西科瓦，
> 普拉弗那，海奇卡，斯拉蒂纳，
> 卡梅尼察，塞伊普，科赫波瓦，
> 布兹季耶，兹劳特和兹拉蒂纳[1]……

当阿戛大人的队伍一路前进，来到这支歌的结尾部分，并距离贝尔格莱德不远时，一件事让队伍停了下来。

拂晓时分，这支小分队在博莱奇村遇见一群男孩，他们头上都顶着盛有刚出炉的馅饼和面包的铜盘。在狭窄的道路上，有个人的战马撞到一名男孩，男孩失手掉

---

1. 原文为：Kozla, Brlog, Yasikova, / Plavna, Rechka, Slatina, / Kamenitsa, Sip, Korbova, / Bucgye, Zlot, and Zlatina ...

落了他所负载的东西，馅饼撒到鹅卵石上，空了的盘子在阳光下熠熠闪耀，像铃鼓一样叮当作响，盘子的底部装饰着在铜板上镂刻很深的罕见图案。男孩跪下身子，把那些馅饼捡回那个盘子里，奥舒兹·阿戛大人则正好停顿了一秒钟。他骑着一匹贵重的黑骏马，这匹马受过伸长快步奔跑[1]训练，是一匹在特殊羁绊方式的制约下长大的马，一匹可以不用按照它自己的步法慢跑，在同一个瞬间踏出两条左腿、下一个瞬间踏出两条右腿的骏马。这样的马往前走和往后退，都一样轻松自如；所以奥舒兹·阿戛大人没让这匹牲口转身，而是要它倒退了两步，与那个男孩恰成并排。

"吃！"他对那些士兵下令，他们便立刻扑向男孩的馅饼盘子。

---

1. 伸长快步奔跑（rack），马术特技，即四蹄先后分别踏地发出四音响的快步。

"张大嘴巴!"他接着命令那个男孩,同时从他自己的衣袖上扯下一颗贵重的纽扣,然后,用一只很少失误的手,将纽扣丢进男孩的嘴巴。

"这是换你的馅饼和盘子的。"奥舒兹·阿戛大人说,然后就带着那只空盘子离开了。

当天晚上,铜盘被拿进奥舒兹·阿戛大人的帐篷(搭建在流着酸性水的溪流上面)。围着盘子而坐的有阿戛大人、他的随从和一名来自阿勒颇[1]的托钵僧。人们都晓得这名托钵僧仍然会用他的波斯母语做梦,解释盘子上图案的含义乃是他的分内之事。托钵僧仔细研究了那块铜板,仿佛要找出洞眼似的,然后说道:

"这里,在这只盘子的外侧,绘制的是一幅关于宇宙、天国和尘世的图画,一幅关于所有可见与不可见空间的图画,它由四座城池,或者说是由四个世界组

---

1. 阿勒颇(Aleppo),位于叙利亚西北部。

成，分别是：雅巴胡、摩尔科、马拉库，和阿拉姆·阿尔·米塔尔[1]。

"要知道，"托钵僧补充道，"在这四座城池之间，人们所谓的视野并不是均衡地分隔的。据说勾勒出这四个世界的交叉线把公鸡搏斗的地方隔成了四块，这些也都绘制在这个盘子上了。如您所知，公鸡在宇宙的哪一个区域，或是它留在搏斗场或沙地上的踪迹图上的哪个地方死去或获胜，其中存在着非常大的差别。因为可见度强而结果美好的地方，记忆持久的地方，都是按如下方式分布于这个搏斗场的：发生在竞技场东面和西面的死亡与战败，相比于发生在南面和北面的胜利与存活，则更有价值；反过来，南面和北面都处在可见度微弱的空间，死亡与胜利在那里不会留下永久的印象或重大的痕迹，几乎毫无意义就过去了。换言之，"来自阿勒颇的托

---

1. 原文为：Yabarut, Molk, Malakut, and Alam al Mital。

钵僧最后解释说，"今天早上，无论哪一个士兵，从这只盘子的哪个部分吃到他的馅饼，其中存在非常大的差别。因为，只有那个能够在至少三个不同的世界处理同一件事的士兵才是强大的。其他人则有时间去听……"

跟奥舒兹·阿戛大人在一起——他的胡子看上去就像他坐骑的尾巴——你永远弄不清他何时会毫不费力地向后退而不是向前进。现在就是这样，他没有回应托钵僧的讲述，而是拿起那只盘子，用手掂了掂分量，然后冷不防将它翻转过来，请托钵僧把另一些镂刻在盘子内侧的图案的含义也做出解释。结果得知托钵僧也搞不懂盘子内侧的那些图案，因为那些图案不是他擅长解析的类型，也不是由某个伊斯兰大师镂刻上去的，于是他们在盘底粘上一根点亮的蜡烛，并召唤勒安得耳来见奥舒兹·阿戛大人。

勒安得耳被带进帐篷时，他的目光落在奥舒

兹·阿戛大人身上以及阿戛大人佩带的带金色流苏的马刀上。阿戛大人打量着这个头发花白的男子，见他脸庞让微笑和眼泪搞得皱巴巴的，就像星辰的轨迹让天穹生出皱纹一般。从他那让人割去的耳朵来推断，此人正是那些建造阿戛大人想要征服的萨瓦要塞的石匠中的一个。

"这人上了岁数，"奥舒兹·阿戛大人心想，"他肯定无所不知。贝尔格莱德每座教堂在什么位置，鸟儿在什么时候泄尿……"他大声问勒安得耳下面的问题：

"你在这只盘子上看到了什么？"

"我的脸。"勒安得耳回答。

"如果你在上面，那你的脸早就不见了，"奥舒兹·阿戛大人回应道，"看仔细些。这东西曾是一块经过雕刻的铜板，为印制图画而制作的，后来又被打造成了盘子。你能看出这上面镂刻的是什么内容吗？"

"格里耶契斯·威森伯格[1]。"

"什么意思？"

"贝尔格莱德。"

"希腊语的贝尔格莱德吗？"

"不是。这是奥地利人的用语，表达我们在贝尔格莱德的塞尔维亚人信奉的并不是他们的宗教信仰。"

"信奉的也不是我们的宗教信仰。"

"我们知道。"

"如果你们信奉的是希腊人的信仰，那你们就没有属于你们自己的任何信仰。不过这对我们来说并不重要。我们需要你告诉我们这盘子上的图画描绘的是什么内容，以及它是在什么时候雕刻的。我们需要一份有关贝尔格莱德的详细描述。尽可能巨细无遗的描述。关于那些要塞、房屋、筑造者、城门、入口，关于财富、居民、教

---

1. 原文是 Griechisch Weissenburg，德语，意为希腊的威森伯格。

堂，关于所有的事。我们拥有整晚的时间，可我们丢弃了多少生命，我们却并不了解。要是你不了解面包还剩多少，你是很难将它分配公平的。所以趁你有空闲，来讲讲吧。一个图案接着一个图案地讲一讲。多讲一些比少讲一些，对你来说更划算。只要想一想：你已经活了多长时间；然后想一想：再也没有时间了！再想一想你的脖子为何正是为马刀而生的……"

勒安得耳坐在一只马鞍上，缓缓转动着那只盘子，一边察看着盘底，一边小心不让烛火舔到他的胡须或眉毛；他像读书一样，辨认着铜器上的东西。他的动脉血管在他的眉头上跳动，如同一只时钟似的撞击着，以至毛发在他干枯的脸颊上像蝴蝶一样颤动着。这只时钟在勒安得耳体内那么突然地开始滴答作响，连他自己都感到措手不及；可以期待这只时钟计算出它自己的一些时间，并报出它停止之前的准确钟点……

在勒安得耳讲述的过程中，奥舒兹·阿戛大人一直安静地坐着，同时抚摩着自己的胡须，仿佛手里正抓着一只敏捷的小动物，并小心翼翼地嗅闻它一绺一绺的毛发，只要发现一种新鲜的气息，他眼睛就跟着灼灼发光。军营篝火周围议论的话题是那双眼睛时常会发生看不见东西的情况，有时候——在下马的时候，奥舒兹·阿戛大人看不见他上马时所离开的地面。尽管如此，此刻他却一边倾听，一边装出对这种闲谈不怎么在意的样子；他看上去像一条正在嗅来嗅去的猎犬，试图重新找到一个迷失已久的地方，一个他曾经去过却再也不晓得怎样才能找到的地方。然而这个地方，这个巢穴，并不在外面，并不在帐篷外面；这是他自己身体内部的一个地方，一个在时间里隐藏并变大的地方。奥舒兹·阿戛大人一边倾听，一边等待那熟悉的、寻求已久的气味唤醒他的记忆，将他带到该去的地方。他伺机以待，等着两个适

宜的地方同时出现：一个在勒安得耳的讲述里以及盘子上有的、适合进攻那座城池的地方，一个在奥舒兹·阿戛大人自己身上有的、适合从那里发起攻击的地方。对于那天晚上在那座帐篷里的人来说，苏丹全力以赴的大战役，连同勒安得耳提供的情况，就仿佛是另一场内在精神战役不太重要的一部分；某个变幻莫测的时刻，这场内在精神的战役将会同苏丹的大战役融合为一场独一无二的、抑制不住的军事行动，并将阿戛大人以前所发的誓言付诸实现。不管怎样，这是那座帐篷里那些人的所思所想。但是奥舒兹·阿戛大人，嗅着自己的胡须，想的却是截然不同的事。他回想起在行军期间那些尘土飞扬的日子里，有一天暮色初降，他看到了一种情景，却并不确定自己当即就领会了那番情景意味着什么。他坐在马鞍上，首先注意到的只是从他走的道路上横穿而过的那条狗。随后他才明白：那条狗正试图捕捉一只萤

火虫。然后他就再也没有看见它们。他甚至想知道：除了他自己，行军队伍里有没有其他人也注意到了它们？

他断定："我，也在追逐一只萤火虫。它早已存在于我的内心，但我仍在不停地追逐它。所以将它吞掉是不够的。它的亮光依然需要去征服，即便是在你已将它吞下之后……"

勒安得耳结束他的汇报时，奥舒兹·阿戛大人刚好嗅到自己胡须末端的地方，俨然完成了他的探寻。对他来说，事情全都清楚了……

翌日，当土耳其大军进入贝尔格莱德的时候，奥舒兹·阿戛大人就在首批冲过萨瓦城门的那批人当中，抢在其他人之前匆匆赶往胡齐察教堂。

"这种时候，每个人都随身携带着自己的死。"他想到，同时，因为担心其他人会超过他，他在疾驰的马上将他的长枪猛然投向了门锁；宛如一把钥匙，长枪喀嚓

一声冲开玫瑰大教堂的大门，径直插进神殿。随着士兵们在这座教堂和要塞周围到处堆起干柴，纵火点燃，奥舒兹·阿戛大人骑马冲进了教堂；他人不离鞍，用马刀刮了刮圣母马利亚神奇圣像上的眼睛，然后就着刀刃舔掉上面有治病功效的颜料，还割伤了自己的舌头；他期待着出现一个奇迹，恢复他的视力。

在此期间，勒安得耳站在这座教堂前面，等在他被丢下的地方。人们可以从他头发上看出他就要死了。不过他是城里的一个唯一静止不动的人。其他人全都处在可怕的混乱中，一边互相砍杀，一边纵火。然而勒安得耳眼睛上方的动脉依然不停跳动着它那无情的节拍，并如同蝴蝶起飞之前展开翅膀，他的眉头跳动着计算了每一分钟。接着忽然之间，他意识到他的时间已经用完。他的眉头停止了跳动，他苏醒了。勒安得耳没在教堂前面开阔地上等待着让奥舒兹·阿戛大人从神殿里出来将

他砍倒，而是急匆匆冲过贝尔格莱德狭窄的街巷离开了。

勒安得耳能听见身后传来骑兵嘚嘚的声响，但他没时间掉转头去看追击他的是奥舒兹·阿夏大人还是别人。随着嘚嘚的马蹄声，勒安得耳还闻到了一股恶臭味儿，这让他意识到他将会被一个稀松平常、拉裤裆的家伙砍掉脑袋，那家伙在战斗中已经因为恐惧把屎尿拉到了自己的马鞍上。恶臭的气息越来越强烈，这意味着后面那家伙就要追上他了。在通向萨瓦河的台阶上，勒安得耳停顿了片刻，仿佛在两种命运之间踌躇起来；接着最后一刹那，他踩着正午阳光下房屋投出的锯齿一般的阴影，冲下了台阶。嘚嘚的马蹄声在台阶前停住了，勒安得耳由此逃脱了那个骑马的家伙和他的马刀，径直奔进他的塔楼。塔楼安静得犹如一个刚清洗过的灵魂。它好像对他很排斥；他则有种古怪的感觉，仿佛他的胡须搭到了他的眼睫毛上，妨碍了他的视线。他终于藏好了。时间

是1739年4月22日，勒安得耳知道这一点。可他并不知道，恰恰在同一时刻，贝尔格莱德萨瓦门两边的塔楼都已埋好了地雷。据说，爆炸前的一秒钟，两座塔楼顶上的公鸡风向标表示了同样的风和同样的钟点。这是第一次也是最后一次，风向相同，钟点也相同。当时是十二点零五分，两座塔楼在可怕的爆炸中被摧毁，吞噬勒安得耳身体的烈焰也随之灰飞烟灭了。

达达尼尔海峡的地理位置

达达尼尔海峡（Dardanelles）又称恰纳卡莱海峡（土耳其语为 Canakkale Bogazi），旧称赫勒斯蓬特（Hellespont）。达达尼尔海峡是著名的土耳其海峡的一部分。它位于小亚细亚半岛与巴尔干半岛之间，也是亚洲与欧洲的分界线，东连马尔马拉海，西通爱琴海，是黑海通往地中海以及大西洋、印度洋的重要通道。

1892 年雷·亨特将费迪南·凯勒的
油画《海洛与勒安得耳》制作成了版画

根据 G. 冯 · 博登豪芬的木刻版画绘制的
油画《海洛与勒安得耳》

1879 年大幅木刻版画

《希腊神话：海洛和勒安得耳的爱情悲歌》，
匈牙利画家亚历山大·冯·利曾-梅尔（1839-1898）作

《海洛与勒安得耳》
匈牙利画家米哈依·阿列山得罗维奇·基奇（1829—1906）作

让-约瑟夫·塔伊拉松的油画《海洛与勒安得耳》,
法国波尔多美术馆收藏

1605 年彼得·保罗·鲁本斯的布面油画《海洛与勒安得耳》

卡莱梅格丹城堡图，疑为书中勒安得耳造的那座城堡的原型

比多斯

特洛阿斯

弥尔

古希腊时期的达达尼尔海峡

萨罗斯湾

色雷斯切索

塞斯托斯

爱琴海

达尔

赫勒斯蓬特

6

5